XIAOBOSHIXUETANG
小博士学堂

科学故事100篇

陶本一 主编

上海辞书出版社

KEXUEGUSHIYIBAIPIAN

图书在版编目（CIP）数据

科学故事100篇 / 陶本一主编 .—上海：上海辞书出版社，2016. 5
（小博士学堂）
ISBN 978-7-5326-4442-1

Ⅰ. ①科… Ⅱ. ①陶… Ⅲ. ①儿童故事—科学故事—作品集— 世界 Ⅳ. ① I18

中国版本图书馆 CIP 数据核字 (2015) 第 167491 号

小博士学堂

科学故事100篇

陶本一 主 编
撰 稿 / 沈 岩 吴 慧 责任编辑 / 静晓英
责任校对 / 蔡亚宜 封面设计 / 萧 柏

上海世纪出版股份有限公司
辞书出版社出版
200040 上海市陕西北路 457 号 www.cishu.com.cn 021-62472088
上海世纪出版股份有限公司发行中心发行
200001 上海市福建中路 193 号 www.ewen.co
上海信老印刷厂印刷

开本 720 毫米 × 1000 毫米 1/16 印张 6.5 字数 51 000
2016 年 5 月第 1 版 2016 年 5 月第 1 次印刷

ISBN 978-7-5326-4442-1/I · 272
定价：30.00 元

目录 contents

古老的钟表

“时间”的概念，其实是大自然给予人类的。比如，地球自转一圈是一天，月亮亏盈一个周期为一个月，地球绕太阳转一周为一年。中国古代还把一昼夜分成过十二个时辰。那么，古人是怎么度量这一个个时辰的呢?

有一种是漏刻，就是在很大的桶里装上水，在桶下面开个小口，让水慢慢流出，通过看桶里水平面的高低来计算时间。北京故宫的交泰殿里面现在还保存着一套很大的漏刻供游人参观呢！

还有一种是日晷（guǐ），它是通过观察太阳的投影来确定时间的。我们能看到的日晷，基本上都是一个石头做的圆盘（即晷面），上面有很多刻度线，圆盘中间竖着一根棒子（即晷针）。当太阳照下来的时候，这根棒子就在圆盘上留下一个影子，太阳在天空运行，圆盘上棒子的影子也在不断行走。这个影子就像是钟表的指针，在不同的位置显示不同的时刻。

天安门前有两根高高竖立的华表，它们可不是简单的柱子。中国古代用圭表来观测太阳的投影，以确定冬至的时间，一套圭表由一根竖着的表和一根放在地上的圭（测定表影长度的刻板）组成，华表就是这个表。

浑天说与浑天仪

古人认识宇宙只能凭借肉眼观察并加上丰富的想象。我国古代的一种宇宙学说——浑天说就是这么来的。据梁代刘昭著的《张衡浑仪注》载:“浑天如鸡子。天体圆如弹丸，地如鸡子中黄。”浑天说认为，全天恒星都分布在一个“天球”上，而日月五星则在“天球”上运行，这与现代天文学的天球概念十分接近。

我国古代观测天文的仪器叫“浑仪”。它是以浑天说为基础而设计的。我国发明浑仪的时间大约在公元前4世纪至公元前1世纪之间（即战国中期至秦汉时期）。到唐代，天文学家李淳风已设计出比较精密完善的浑天黄道仪。

中国古代用于演示天象的仪器叫“浑象”。浑象与浑仪合称为“浑天仪”，相当于现在的天球仪，用以演示天体运动。浑象的结构是一个可绕轴转动的圆球，其上画有星宿、赤道、黄道等标记，与现代天球仪相似。

浑象可能是西汉耿寿昌发明的。东汉张衡设计制造的漏水转浑天仪的核心部分就是浑象。现存的浑象存放在北京古观象台，它是清初的南怀仁造的。

谁说地球是个球

虽然现在我们都知道地球是球形的，但是，你想过古人是怎么知道的吗？一个耳熟能详的故事说，对着远航归来的船只，岸上的人们总是先看到桅杆，然后逐渐看到船身，由此推想地球是球形的。但事实上，整个过程比这复杂得多，也有趣得多。

古希腊毕达哥拉斯学派的哲学家很早就认为大地是球形的。观察到远航归来的船只总是从地平线上起来，的确可以得到地球是曲面而不是平面的结论。但即使如此，他们之所以接受球形而不是其他形状，可能还出于信念，毕达哥拉斯学派秉持着对完美的追求，认为圆形是最完美的。

亚里士多德给出的论据则很有见地。地球的阴影投在月面之上时会发生月食，而每当有月食时，月面上的阴影总是圆的。亚里士多德还说，当一个人向北或向南旅行时，他会看到不同的恒星，这表明大地事实上是一个不太大的球体。

在西方世界，大地是否为球形的问题并没有困扰人类多久，真正困扰他们的是，宇宙到底是以地球为中心还是以太阳为中心，地球是怎么运动的等这些问题。

从地心说到日心说

古人认为，地球是宇宙的中心，其他星球都环绕着地球运行。这个观点最初是由古希腊天文学家欧多克斯提出的，并由亚里士多德完善，后又经托勒玫进一步发展而成为“地心说”。

1507年，波兰天文学家哥白尼发现，如果假定宇宙的中心是太阳，而不是地球，那么计算行星的位置就会简单得多。为此，他花费了30多年的心血，系统地建立了日心地动学说，并写成一部阐述该学说的巨著，后人称之为《天体运行论》。

在书中，哥白尼指出，地球是球形的。太阳在太阳系的中心，所有的行星包括地球都围绕着太阳运行，而月球绕着地球转动。与此同时，地球还每天自转一周。《天体运行论》还详细地解释了天体运动的种种现象。

因担心该学说会被教会视为异端邪说，为了不惹麻烦，哥白尼迟迟没有将其公开。直到1543年，在哥白尼临终前，他的不朽名著《天体运行论》才终于出版。与地心说相比，他的日心说堪称一次革命性的飞跃，对教会的宇宙观是一次沉重的打击。

开普勒的椭圆轨道

古希腊科学家相信，能够揭示自然的规律都是“完美”和“简洁”的，圆是最“完美”的形状，因此他们本能地认为天体的运行轨道是正圆的。

但是，他们碰到难以解决的问题。比如，总是需要几十个大小不同的圆，才能描绘清楚太阳、地球、月亮、水星、金星、火星、木星和土星的运动。而且，随着编制的星表越来越精确，天文学家发现，根据宇宙模型计算出来的星体的位置，和实际观测到的有微小的差别。

17世纪初，德国天体物理学家开普勒研究和整理了他的老师第谷给他的一份当时最精确的星表。通过分析第谷的资料，开普勒终于发现了行星运动的规律。

开普勒将行星运动轨道设置为椭圆形的，也即所有行星分别是在大小不同的椭圆轨道上运行。而且太阳并不在椭圆的中心，而是在椭圆的一个焦点上。而且他还发现，在相同的时间里，太阳和运动着的行星的连线所扫过的面积都是相等的，行星公转周期的平方与它同太阳距离的立方成正比。这次发现最终使他赢得了“天空立法者”的美名，为哥白尼的日心说提供了最可靠的证据。

可是，它还是在动的呀！

如果拥护哥白尼的日心说，承认太阳是宇宙的中心、地球围绕太阳转动，那么必须证明脚下的大地是在动的。怎样才能知道地球在运动？太阳每天东升西落，只能说明太阳和地球之间有着相对的运动。反对日心说的人认为，如果地球是运动的，那么地球表面的空气就会流动而时时刻刻都会有很大的风，但实际情况并不是这样。伽利略是哥白尼日心说的拥护者，他认为，空气是和地球一起运动的。

事实上，从哥白尼到开普勒，天文学家已经发现日心模型与天体的运动很吻合。伽利略用他的望远镜观察天体的运动，他观察太阳、月亮，也观察木星。理论与观察结果都让他相信，地球和其他天体一样普通，它并不是那么特别。

1632年，伽利略出版了《关于托勒玫和哥白尼两大世界体系的对话》一书，来论证日心说，立刻引起轰动。当时日心说已被宣布为歪理邪说，教皇受到挑唆，查禁了这本书，同时传召伽利略到罗马宗教法庭受审。在威迫之下，伽利略宣布放弃对日心说的信仰，但他还是被宗教法庭判以监禁。传说当他被迫放弃对日心说的信仰时，还喃喃自语："可是，它还是在动的呀！"

看，望远镜

与很多人类的发明一样，望远镜的发明也很偶然。17世纪，荷兰的玻璃制造业很发达，人们磨制各种各样的透镜来制作眼镜。据说，1608年的某天，一位名叫汉斯·利伯希的荷兰眼镜制造商一手拿起一块凹透镜，一手拿着一块凸透镜，无意中把两块镜片叠了起来，当视线穿过两块透镜时，他忽然看到远处的教堂变得又大又近。就这样，他很偶然地发现了望远镜的原理。后来，他申请了专利，还造了一个双筒望远镜。

望远镜就这样诞生了。人们透过它看到了一个新奇的世界，这个消息传遍了欧洲各国。1609年，身处意大利的科学家伽利略听说后便自己制作了一台可以放大30倍的望远镜。伽利略把望远镜朝向月亮，他想看看亚里士多德所说的正圆的、光滑的月上世界。

但伽利略从他的望远镜里看到的月亮却和传说的差别太大了，他看到月亮表面坑坑洼洼，一点也不平整，而且月亮上还有一片一片的阴影。他又把望远镜对准木星，发现木星有四颗卫星；他还把望远镜对准太阳，观察到了太阳黑子的运动。常年透过望远镜观测太阳，又没有采取保护眼睛的防护措施，伽利略差点因此失明。

惠更斯发明钟摆

自古以来，时间的精确测量一直是一件令人头痛的难题。古代的计时装置，如日晷、沙漏等都做不到测量精确。

1655年，荷兰人惠更斯用自制的望远镜观测天体的运动，在观测中，他深刻体会到精确计时的重要性，因而致力于精确计时器的研究。之前，伽利略曾经证明了单摆完成一次摆动的时间总是相同的，与摆动幅度（摆角小于5° 时）无关。1656年，根据这个原理，惠更斯创造性地把单摆用于计时器上，制成了世界上第一架计时摆钟，人类从此进入一个新的计时时代。

在他随后出版的《摆钟论》一书中，惠更斯详细地介绍了制作有摆自鸣钟的工艺，还分析了钟摆的摆动过程及特性。他还指出，任一形状的物体在重力作用下绕一水平轴摆动时，可以将它的质量看成集中在悬挂点到重心之连线上的某一点，可以将复杂形体的摆动简化为较简单的单摆运动来研究。

在研制摆钟时，惠更斯还进一步研究了单摆运动，他制作了一个周期为2秒的单摆，从而导出了单摆的运动公式。还由此精确地算出了重力加速度为9.8米/秒^2，这一数值与我们使用的数值是完全一致的。

哈雷彗星

哈雷是英国著名天文学家，他之所以为大家熟知，是因为一颗以他名字命名的以76年为回归周期的彗星——哈雷彗星。

哈雷从1695年起就开始研究彗星。一天，他将1337年到1698年的彗星记录翻了出来，从中挑选了24颗彗星，并逐个计算了它们的轨道。他分析后发现，1531年、1607年和1682年出现的三颗彗星轨道看起来如出一辙。有没有可能这三颗彗星其实是同一颗彗星重复出现三次呢？产生了这个念头后，哈雷继续查验彗星记录，他发现1456年、1378年、1301年、1245年，一直到1066年，历史上都有大彗星的记录。

哈雷为此预言，1682年出现的那颗彗星，会在1758年底或1759年初再次回归。在哈雷去世10多年后，1758年底，这颗彗星真的准时回到了太阳附近。而第一个看到这颗彗星的人，是德国德雷斯登附近的一位农民天文爱好者。

哈雷在18世纪初的预言，经过半个多世纪终于得到了证实。后人为了纪念他，就把这颗彗星命名为“哈雷彗星”。

牛顿发现万有引力

相传有一天，牛顿正在剑桥大学的一棵苹果树下，有一只苹果正好砸在了牛顿的脑袋上，牛顿忽然想到，为什么苹果总是垂直落向地面？为什么苹果不向外侧运动，也不飞上天去？牛顿猜这是地球在向下拉着它，有一个向下的力作用在了苹果上，而且这个向下的力指向地球的中心，所以苹果才垂直落下。他认为，两个物体的质量越大，它们之间的作用力也越大；两个物体离开远了，作用力就变小了。而且所有的物体之间都存在这个力，这个力就是万有引力。

利用万有引力定律，牛顿不仅说明了行星运动规律，而且还指出木星、土星的卫星围绕行星运动时也遵循同样的运动规律。他认为，月亮除了受到地球的引力外，还受到太阳的引力。他以此解释了地球上的潮汐现象。

1684年，天文学家哈雷拜访牛顿，问他，如果天体之间是在万有引力作用下，那么它们会做怎样的运动。牛顿回答说按椭圆轨道运行，原来牛顿早就推算过了。

最终，牛顿写出了让他自己也激动万分的《自然哲学的数学原理》一书，书中他证明了，太阳系中的各个天体都是按照哥白尼的日心说和开普勒三大定律运动的，天体的轨道是由相互之间的引力决定的。牛顿的这本书被公认是科学史上最伟大的著作。

天文学史上的赫歇尔家族

威廉·赫歇尔出生在德国，跟他父亲一样是汉诺威军中的乐师。为了逃避战争，1757年他偷渡到了英国。天文学界曾经以为，牛顿之后不会再有什么新的发现了，谁料在1781年，赫歇尔用他自己制造的望远镜发现了一颗新的行星——天王星。这一年，赫歇尔被选为英国皇家学会会员。

通过大量的恒星观测资料，赫歇尔推测出银河系的大致空间结构，在这个结构中，微不足道的太阳系处在一个毫不特殊的位置上。历史上，哥白尼把地球从宇宙中心的位置上拉了下来，而这时赫歇尔又把太阳也请了下来。威廉·赫歇尔因此被称为恒星天文学之父。

赫歇尔有一位妹妹叫卡罗琳·赫歇尔。她是哥哥的好帮手，当哥哥在黑夜中观测时，她就帮助记录数据。她后来也深深迷恋上了观测彗星。她专门搜索彗星，前后发现了8颗。

威廉·约翰·赫歇尔是威廉·赫歇尔的儿子，他重新检验了威廉编制的双星星表，又前往南非观测南天的恒星。他的名作《天文学大纲》流传到中国，由李善兰和传教士伟烈亚力合译，书名则改为《谈天》。约翰·赫歇尔的儿子亚历山大·赫歇尔也是位天文学家，以研究彗星和流星雨而著名。

赫歇尔家族真是天文学史上的一个奇迹！

笔尖上发现的行星

自1781年天王星被发现后，天文学家便开始着手推算天王星的运动轨道。

天体的运动轨道可根据牛顿的万有引力定律来推算，但奇怪的是，天王星的运动轨道和天文学家推算出来的并不完全一样。大家想不明白到底哪里出了问题，有的科学家甚至认为，也许是牛顿的万有引力定律本身有问题。但是，也有天文学家认为，天王星运动轨道的改变说明大家在计算轨道的时候遗漏了一些条件，比如有另外一股外力没有被考虑到。如果真的是这样，科学家猜想，这股外力应来自另外一颗未被人类发现的行星。

顺着这个思路，1846年，英国天文学家亚当斯和法国天文学家勒威耶分别计算了这颗未知行星的质量和轨道，还预测了它出现的天区和时间。而且他们彼此都不知道对方在做这个工作。勒威耶把自己的计算结果寄给巴黎天文台，台长伽勒立刻组织人员进行观测，1846年9月18日的晚上，就像勒威耶预测的那样，他们真的在那片天区找到了一颗行星。

这颗行星被命名为海王星，最奇妙的是，这是天文学家使用牛顿定律找出来的行星。从此，再也没有人怀疑牛顿定律的正确性了。而海王星也因此被人们称为“笔尖上发现的行星”。

土星的光环

早在1610年，意大利天文学家伽利略观测土星时就发现，土星的球状本体旁有奇怪的附属物。1659年，荷兰学者惠更斯认出这是本体外的一个光环。1675年，意大利天文学家卡西尼发现，土星光环中间有一条暗缝（后被称为卡西尼环缝）。他还猜测，光环是由无数小颗粒构成。

土星环位于土星的赤道面上。在此后的200年间，土星环通常被看作是一个或几个扁平的固体物质盘。直到1856年，英国物理学家麦克斯韦从理论上论证，土星环是无数个小卫星在土星赤道面上绕土星旋转的物质系统。1895年，美国天文学家基勒确认土星环不是固体盘，而是以独立轨道绕土星旋转的大群质点。1972年，根据土星环反射的雷达回波得知，环中的质点是直径介于4~30厘米之间的冰块。

在进行空间探测以前，根据地面观测发现土星环有五个，其中包括三个主环（A环、B环、C环）和两个暗环（D环、E环）。1979年9月，“先驱者”11号探测器又探测到两个环——F环和G环。

太阳也会刮风

太阳上层大气会射出高速等离子体带电粒子流，速度高达200～800千米/秒。尽管这种物质不是由气体分子组成的，但它们流动时所产生的效应与空气流动十分相似，所以被称为太阳风。

太阳风有磁场，它到达地球附近时会对地球磁场施加作用，看上去就好像要把地球磁场从地球上吹走似的。但地球磁场有效地阻止了太阳风长驱直入，使得太阳风绕过地球磁场，继续向前运动，从而形成了一个被太阳风包围的、彗星状的地球磁场区域，这就是磁层。但仍会有一部分带电粒子沿着地球磁场的磁力线集中到南北两极。当这些带电粒子进入极地的高层大气时，与大气中的原子和分子碰撞并激发放电，便产生绚丽壮观的极光。

大约每隔11年，太阳黑子就会进入活动高峰年，从而产生太阳耀斑（俗称太阳风暴）。太阳风暴传到地球，与地球磁场相互作用，会引起一系列影响人类活动的事件。

2005年1月20日下午3点左右，太阳发生了一次X7.9级的太阳风暴。受此次太阳风暴的影响，我国境内通信、广播、测量等系统的短波无线电信号均遭受强烈的电离层吸收而中断，其中北京地区信号断了一个多小时。

狮子座流星雨

在夜空中，我们偶尔能看到流星，它们通常单个零星出现。但有时，在天空某一区域某一段时间内流星数目会显著增多，每小时几十条甚至更多，看上去就像下雨一样，这种现象称为流星雨。

流星雨是一大群流星体闯入地球大气的结果。通常认为流星雨的出现与彗星有关。彗星是太阳系内一类奇特的天体，它在远离太阳的时候表现为一颗彗核，直径几千米或更大些。一旦接近太阳，在太阳辐射的作用下，彗核物质气化会形成巨大的彗发和长长的彗尾。流星群便起源于彗星散射出来的物质碎粒或是瓦解了的彗核。

有些年份的11月14日至21日，尤其是11月17日左右，都有一些流星从狮子座方向迸发出来，这就是狮子座流星雨。天文学家现已搞清楚，狮子座流星雨是由坦普尔－塔特尔彗星造成的。这颗彗星于1865年12月19日由德国天文学家坦普尔首先发现，1866年1月6日，美国天文学家塔特尔也独立发现了它。

所以，狮子座流星雨并不是来自“狮子座”的流星雨。坦普尔－塔特尔彗星的周期为33.18年，因此 狮子座流星雨是一个典型的周期性流星雨，它的周期约为33年。

北斗星

在北半球晴朗的夜晚，只要抬头北望，我们都能看到北斗星。北斗星又称北斗、北极星、魁星等，是北天排列成斗勺形的七颗亮星，即天枢、天璇、天玑（jī）、天权、玉衡、开阳和摇光。因形似斗勺，故名。我们常称它们为北斗七星。用现代星名的命名规则，北斗七星被命名为大熊座α、大熊座β、大熊座γ、大熊座δ、大熊座ε、大熊座ζ和大熊座η。

通过斗口的两颗星的连线，朝斗口方向延长5倍长度可以找到北极星，所以斗口这两颗星也被称作“指极星”，它们可以帮助我们在夜间辨认方向。

由于地球自西向东自转，北斗星每天看起来也在围绕北天极做顺时针圆周运动。随着季节变化，北斗星还会周年绕北极星旋转。《鹖冠子》：“斗柄东指，天下皆春。斗柄南指，天下皆夏。斗柄西指，天下皆秋。斗柄北指，天下皆冬。”也就是说，通过黄昏时观测斗柄的指向可确定季节的变化。

尽管北斗七星是恒星，但恒星不恒，也有自行。但因北斗七星离我们实在太远，所以我们所见的自行很小。不过，由于这七颗星的自行并没有统一的方向和速率，所以10万年后它们看上去就不是现在这个形状了。

阿波罗登月计划

1961年5月25日，美国总统肯尼迪向美国国会提出“在10年内把人送上月球，并安全返回”的任务，由此启动了阿波罗登月计划。美国之所以用“阿波罗”来命名这个计划，是因为“阿波罗”是古希腊神话中太阳神的名字，他和月亮女神阿尔忒弥斯是双胞胎，而且这位太阳神每天驾驶着天马拉的战车驶过天际。

1967年1月27日，“阿波罗”1号在发射台上进行地面模拟演练时，指令舱控制系统电路短路造成充满纯氧的密封舱着火，3名宇航员不幸被烧死。此后进行了一系列测试飞行，先是绕地球飞行（4号、5号、6号、7号），再是绕月飞行（8号、9号、10号）。1969年7月16日，“阿波罗”11号飞船搭载了3名宇航员飞向月球，21日宇航员阿姆斯特朗成功踏上月球表面。

此后，又有5艘阿波罗飞船登上月球。1972年12月，“阿波罗”17号飞船执行了阿波罗登月计划的最后一次登月活动，宇航员还在月球上立了纪念碑。

阿波罗登月计划中，500粒树种随“阿波罗”14号飞船飞向月球，回到地球后被种植在世界各地。“阿波罗”11号和“阿波罗”17号带回的月岩标本则被分赠到世界各地。

人类第一次踏上月球

1969年7月16日，在经过了各种实验后，“阿波罗”11号飞船搭载了3名宇航员飞向月球，19日飞船进入月球轨道，20日登月舱与指令舱分离，21日5点17分登月舱在月球软着陆，11点56分，宇航员阿姆斯特朗踏上月球表面。他留下了一句不朽的名言：“这是我的一小步，却是人类的一大步。”

同时，宇航员奥尔德林也踏上月面。他俩穿着宇航服在月面上跳动，拍摄月面景色，收集月岩和月壤，安装仪器，进行实验，以及向地面控制中心发回探测信息。两个半小时后，他们乘登月舱返回指令舱，然后又经过两天半的飞行进入地球大气层，溅落在太平洋上。

但是，到了20世纪末，阿波罗登月活动却受到质疑。有科学家认为，这是美国国家航天航空局制造的大骗局，理由是从“阿波罗”11号拍回的登月照片上看不到宇宙背景下的星星，被插在月面的美国国旗在没有风的情况下却是展开的，等等。有人认为，那是在好莱坞电影棚里拍摄的照片。不过，据报道，2012年2月，中国“嫦娥”2号全月探测器发回的7米分辨率全月球影像图，拍到了“阿波罗”11号登月的遗迹，证实了40多年前人类的壮举。

火星人来了

人们认为，太阳系中除了地球外，火星是人类最好的居住点。它两极区呈白色，赤道两侧有暗色斑块，这些跟地球有点像。人类通过望远镜观测星空时，在地球轨道外侧的火星是很适合被观测的行星，它让人充满遐想。

19世纪末，美国天文学家洛韦尔在他的私人天文台上，连续观测火星10多年，拍下了各种火星照片，在他绘制的火星图上，还标注了几百条“运河”。1906年，他出版了《火星和它的运河》一书，又在1908年出版了《作为生命居所的火星》一书。他认为，火星上有水，存在高级生命。英国的科幻作家威尔斯更是写出科幻作品《大战火星人》。于是，人们开始对火星人感起兴趣来，以至于有些人真的相信火星人有一天要入侵地球。

1971年，美国国家航空航天局发射“水手号”火星探测器，发现火星上有宽阔而弯曲的干涸河床，它们分布在赤道地区。如果火星上曾经有河流，那就很可能有生物在火星上生活过。2001年，美国的探测器发现火星表面可能有冰冻水的存在，这个发现让许多人激动了起来。2012年，美国“好奇号”火星车成功着落火星，它的任务就是寻找生命的痕迹。

阿基米德抓窃贼

古希腊时期，赫农在叙拉古（意大利西西里岛上的一座城市）掌权后，决定做一顶金王冠，供奉在神庙里，献给永生的诸神祇（qí）。他与承做的工匠签订了合约，并用砝码秤称好黄金后交给了工匠。在指定的日子，工匠把制作精良的王冠呈交给国王。

但后来赫农得到消息，说工匠在制作过程中偷走部分黄金，并掺进了等重量的白银。虽然赫农很气愤，但找不到证据，因此向阿基米德求助。阿基米德冥思苦想，仍无计可施。一天，他去浴场洗澡，身体沉入水中时发现水溢到了浴池外面。他突然找到了灵感，立刻兴奋地跳了出来，连衣服都顾不上穿便飞奔而出，一边向家里跑去，一边还反复喊着："找到了！找到了！"

回到家，阿基米德制造了与王冠的重量相同的两个块体，一块是金，一块是银。在盆里盛水直到边沿后，把银块沉到水里。这时，与银块同体积的水便溢了出来，这样可称得溢出的水量。同样，把金块沉入盛满了水的盆里，再称得溢出的水量。因为金的密度比银大，在重量相同的情况下，金块的体积比银块要小，溢出的水要少。同样，盆里盛满水，再把王冠浸入，这时阿基米德发现，王冠比同重量的金块溢出的水多。由此他确认金里掺进了银。

伽利略的大船

想象一下，现在你和你的朋友在一条大船的舱板下最大的房间里。房间里有一些蚊子、苍蝇，还有别的有翅膀的小昆虫。房间里还放了一只盛满水的大桶，里面有一些鱼。另外，有两个瓶子，一个装满水挂起来，水可以一滴一滴地滴下来，另一个瓶子放在地板上，滴下来的水正好可以滴落在里面。

当船静止时，房间里的小虫们用一个速度向房间的各个方向飞，不管飞向哪里，快慢是一样的吧。木桶里面的鱼也用一个速度向桶的各个方向游着。挂起来的瓶子里面的水全都安全地落到地板上的瓶子里。而当你把东西扔向你的朋友的时候，只要他和你的距离保持不变，你向某个方向扔时不会比向另一个方向要用更大的力气。

现在，船是开着的，它不摇晃，不改变运动的方向，快慢也是一样的，这个时候船舱里是什么情况呢？伽利略告诉你，它和静止的时候是一样的。在封闭的船舱中做任何这样的实验，都不可能发现一只船是停泊在港口还是正行驶在海上。

伽利略写有一本著名的书，叫《关于托勒玫和哥白尼两大世界体系的对话》，大船上的故事就写在这本书里，它讲的是一个运动相对性的原理。

道尔顿提出原子学说

早在公元前4世纪，《庄子·天下》中提道：“一尺之棰，日取其半，万世不竭。”庄子认为，物质是无限可分的。大约在公元前450年，希腊哲学家德谟克利特认为，一切物质都是由不可分割的小微粒——原子构成。不过，这些古老的原子观仅基于哲学上的理解，缺乏科学实验的验证。

17—18世纪，化学家通过实验证实，物质不是由诸如气、土、火、水等基本元素构成的，而是由不同的原子自由组合而成。19世纪初，英国化学家道尔顿在总结前人经验的基础上，提出了具有近代意义的原子学说，从而开创了化学的新时代。

他认为，所有物质都是由非常微小的、不可再分的物质微粒，即原子组成；同种元素的原子的性质和质量都相同，不同元素的原子主要表现为质量的不同；原子是微小的、不可再分的实心球体；原子是参加化学变化的最小单位，在化学反应中，原子仅仅是重新排列，而不会被创造或者消失。

当然，这个理论模型并不正确，但道尔顿第一次将原子从哲学概念变成化学研究的对象，使化学真正从古老的炼金术中摆脱出来。道尔顿也因此被后人誉为“近代化学之父”。

伏打与电池

提到电池的发明，还要从1780年意大利的解剖学家伽伐尼的青蛙解剖实验说起。一天，伽伐尼在做青蛙腿肌肉运动的解剖学研究。在实验中他意外地发现，若用两种金属分别接触青蛙腿的筋腱和肌肉，当两种金属的另一端相接触时，青蛙腿会发生抽动。伽伐尼由此认为，青蛙体内存在一种“神经电流体”，它可以使神经、肌肉活动。

过了10多年，意大利物理学家伏打又重做了伽伐尼的这个实验。但是他发现，在青蛙身上插上不同的两种金属后，青蛙肌肉会发生抽动，而插上相同的两种金属，青蛙肌肉并不会抽动。因此，他否认了动物身上电的存在。他认为，伽伐尼发现的电产生于两种不同金属的接触，青蛙腿的抽动是对电流的一种反应，而这个电流是由于两种金属插在了由肌肉提供的溶液中，并构成回路而产生的。

1799年，伏打用铜片、浸有浓盐水的纸片、锌片依次叠起来，然后用导线把它们接成回路，最终获得了连续的电流。后来人们把这种发电装置叫作“伏打电堆”。1800年，他又对外公布了他几年前发现的电池原理。1801年，拿破仑特地把伏打从意大利召到法国，要他亲自演示他发明的电池。毫无疑问，演示获得了成功，拿破仑因此授予他金质奖章，并封他为伯爵。

法拉第揭开电磁感应之谜

早在1820年，丹麦物理学家奥斯特就发现电流有磁效应，能产生磁场。但反过来，磁场能不能产生电？英国的物理学家法拉第试图通过均匀的磁场对导线或线圈作用来产生电流，但实验失败了。

1831年，法拉第在一次实验中偶然发现，当线圈刚接通或中断电流时，另一个线圈中的电流计指针有微小偏转。法拉第顿时眼前一亮，经过反复实验证实，当磁场发生变化时，另一个线圈中就会产生电流。由此，法拉第终于用实验揭开了电磁感应定律。

法拉第的这个发现开辟了在电池之外大量产生电流的新路。1831年10月28日，根据这个实验，法拉第发明了圆盘发电机，它是人类创造出的第一个发电机。可以毫不夸张地说，法拉第发现的电磁感应定律是驱动现代文明的动力。

有意思的是，由于法拉第早年贫穷，没有受过很好的数学教育，所以他的笔记本中记录的不是数学公式，而是种种磁力线的手绘图表。对于学生来说，这些物理图像比起用来进行描述的数学语言，更易理解，更有用。

伦琴与X射线

1895年11月8日晚上，德国慕尼黑伍尔茨堡大学的一个实验室里，科学家伦琴看着一叠灰黑色的照相底片在发呆。原来，他此前做了一次实验，为了确保实验的精度，他用锡纸和硬纸板把各种实验器材都包裹得严严实实，并且用一个没有安装铝窗的阴极管让阴极射线透出。但此时，他惊奇地发现，对着阴极射线发射源的一块涂有氰亚铂酸钡的屏幕发出了光，而阴极管旁边一叠原本密封的底片也变成了灰黑色，这说明它们已经曝光了！

这个现象引起了他的注意，底片曝光恰恰说明阴极管放出了一种穿透力极强的新射线，它甚至能够穿透装底片的袋子！但由于当时还不知道它是什么射线，他便取名为“X射线”。由此，他开始对这种神秘的X射线进行研究。

一天晚上，伦琴很晚还没回家，他的妻子来实验室看他，当时伦琴要求他的妻子用手捂住照相底片。当显影后，夫妻俩在底片上惊奇地看到了手指骨头和结婚戒指的影像。

直到20世纪初，人们才知道X射线实质上是一种比光波更短的电磁波，它不仅在医学中用途广泛，成为人类战胜许多疾病的有力武器，而且还为今后物理学的发展提供了重要的手段。1901年诺贝尔奖的颁奖仪式上，伦琴成为世界上第一个荣获诺贝尔物理学奖的人。

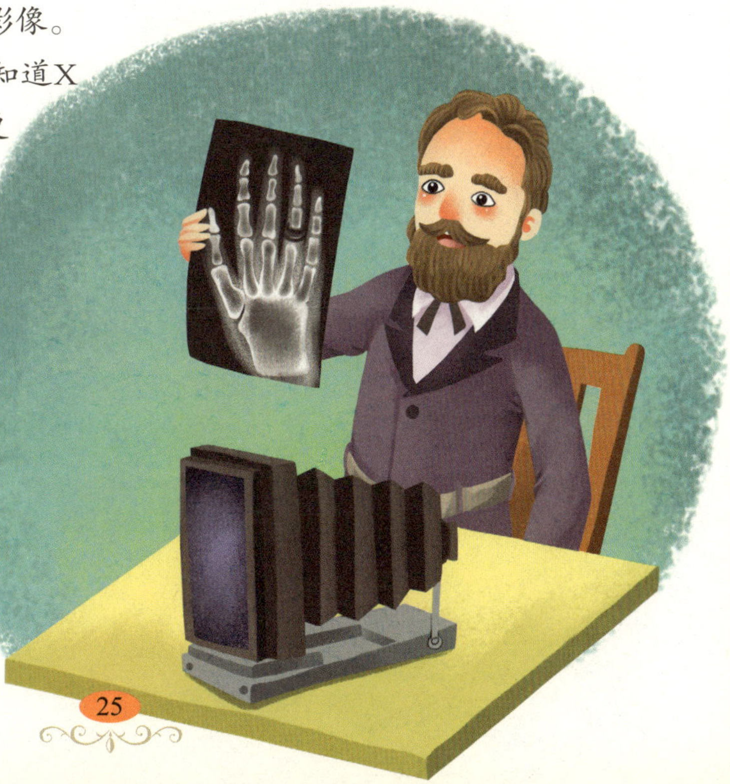

诺贝尔奖的由来

诺贝尔是杰出的化学家、工程师、发明家、企业家。1833年生于瑞典的斯德哥尔摩，一生共获得技术发明专利300多项，其中以硝化甘油炸药的发明最为闻名。

诺贝尔在俄国圣彼得堡长大和求学，后去法国和美国深造，学成返回瑞典从事化学研究，尤其从事炸药的研究与发明。1863年，他便开始生产甘油炸药。种种发明使诺贝尔在世界化学史上占有重要地位，通过制造炸药，诺贝尔迅速积累了大量财富。

但是，诺贝尔是一位和平主义者，他希望他发明的破坏性炸药有助于消灭战争。在诺贝尔逝世前一年，他立下遗嘱，设立诺贝尔奖。

根据遗嘱，他留下的全部财产将组成基金，每年利息以奖金的形式分配给前一年里为人类做出最大贡献的人。利息平分为5份：一份奖给在物理学方面做出最重要发现或发明的人；一份奖给在化学领域做出过最重要的发现或改进的人；一份奖给在生理学或医学领域做出过最重要发现的人；一份奖给在文学方面曾创作出有理想主义倾向的最杰出作品的人；一份奖给曾为促进世界和平做出过最大或最好工作的人。

1901年12月10日，诺贝尔逝世5周年纪念日，诺贝尔奖首次颁发。

把生命都献给科学的居里夫人

1896年，法国物理学家贝克勒尔发表的一篇有关铀的放射性的工作报告，引起了居里夫人的极大兴趣。

1897年，居里夫人开始对放射性物质进行研究。为了能有经费搞研究，居里夫妇过着清贫简朴的生活。他们靠从生活费中一点一滴省下来的钱，先后买了八九吨提取纯镭所需的材料。他们在一间原来用作贮藏室的封闭潮湿的房子里进行科学实验，不论寒暑，从不间断。最终，居里夫妇发现了放射性元素镭，这是近代科学史上最重要的发现之一。

由于居里夫妇的惊人发现，1903年，他俩和贝克勒尔一起获得了诺贝尔物理学奖。1911年，居里夫人又因发现放射性元素钋而获得诺贝尔化学奖。一位女科学家，在不到10年的时间里，在两个不同的科学领域里获得世界科学的最高奖，这在世界科学史上是绝无仅有的！

由于长期从事放射性物质的研究工作，加上恶劣的实验环境和对身体保护不够，居里夫人最终患上了白血病。她还患有肺病、眼病、胆病、肾病，甚至患过神经错乱症。1934年7月4日，居里夫人病逝了，她最后死于恶性贫血症。她创造、发展了放射科学，直至最后把生命都献给了这门科学。

看不到的东西：第五元素

公元前4世纪，古希腊的亚里士多德认为，地球上的所有物质都是由四个元素构成的，它们分别是土、水、气、火，而天体是由第五种元素“以太”构成的。亚里士多德认为以太是一种不变的完美物质。

17世纪到19世纪末，科学家为了寻找一种力学模型来解释光学现象，发展出了一套以太理论。但是一直以来，以太仅存在于想象世界，没有直接证据证明它的存在，科学家希望在实验中找到以太。1879年，美国海军军官迈克尔逊接受麦克斯韦的建议，做了一个实验来测量地球穿过以太的效应。如果存在以太，那么当地球穿过以太绕太阳公转时，在地球上通过以太运动的方向测量的光速应该大于在与运动垂直方向上测量的光速。他用干涉仪测量不同方向上光速的差值，但结果证明光速在不同惯性系和不同方向上都是相同的。

几年后，他又与化学教授莫雷合作，以更高的精度重复了这个实验，但仍然没有发现地球相对于以太的运动。

迈克尔逊和莫雷如实地报道了他们的实验结果，并且称这是一次没有给出预期结果的大失败。但正是这个失败的实验，提醒人们必须重新审视被视为“神圣”的经典物理学的根基。

空间会弯曲？

空间怎么可能弯曲呢？但爱因斯坦的广义相对论认为，由于有物质存在，空间和时间都会发生弯曲。

一个具有确定质量和速度的物体，如果其他物体离它很远，那么，它的运动路径可以说是一条直线。但当它走近另一个物体的时候，它的路径就会变得越来越弯曲，显然，是物体质量把空间弄弯曲了。质量越大，离这个大质量物体越近，空间越弯曲。当光在弯曲空间里穿过时，它的路径也会弯曲。

爱因斯坦通过计算预言，遥远的星光掠过太阳表面时将会发生1.7″的偏转。1919年，在英国天文学家爱丁顿的组织下，英国派出了两支远征队分赴两地观察日全食，一支到南美洲巴西的索贝瑞尔，由天文学家戴森领队，另一支到非洲西岸的普林西比岛，由爱丁顿领导。最后经过认真的研究得出的结论是：星光在太阳附近的确发生了1.7″的偏转。结果，爱因斯坦的理论得到了证实。

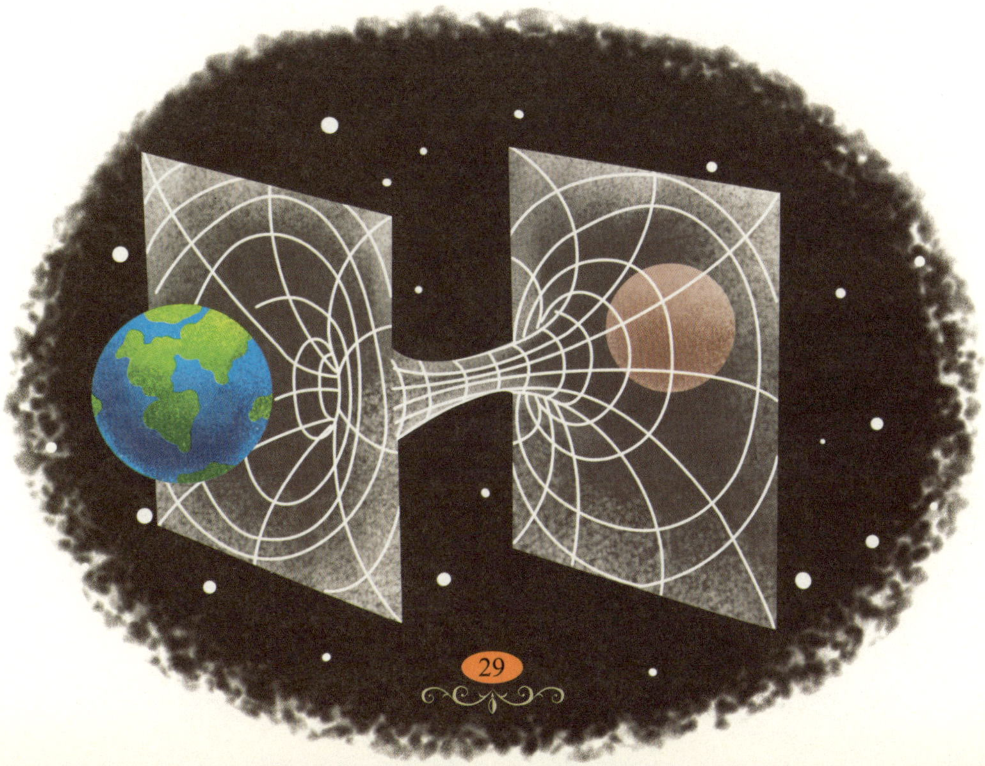

时间也会膨胀？

1905年9月，德国《物理年鉴》杂志刊登了《论运动物体的电动力学》一文。这篇论文由物理学家爱因斯坦撰写，宣告了狭义相对论的诞生。

爱因斯坦通过推论发现，时间会随着速度的加快而渐渐慢下来。可通俗地理解为，运动中的钟比静止的钟走得慢，而且，运动速度越快，钟走得越慢，接近光速时，钟就几乎停止。

为此，1911年4月，在意大利博洛尼亚召开的哲学家大会上，法国物理学家朗之万用双生子实验（即双生子佯谬）对狭义相对论的时间膨胀效应提出了质疑。实验是这样的：有一对双生子A和B，A留在地球上，B乘火箭去做星际旅行，经过漫长岁月后返回地球。根据狭义相对论，B旅行回来后将比A年轻。

其实，双生子佯谬现象本身是不可能发生的。通过狭义相对论可证明，在尺子长度方向上运动的尺子比静止的尺子要短，这就是所谓的尺缩效应。当运动速度接近光速时，尺子就缩成了一个点。所以，在狭义相对论中，时空是联系在一起的。

不可思议的暗物质

1993年，瑞士天文学家兹维基正在研究距离地球约2亿光年的一个星系团（星系团由几亿至上万亿颗恒星和星际物质构成）。他先测量了星系团中各个星系的亮度，然后通过已知的亮度和质量的关系，算得星系团的质量。接下来，他又测量了其中的各个星系的公转速度以及它们到星系团中心的距离，再通过牛顿万有引力定律计算出了星系团的质量。

结果，令兹维基迷惑不解的是，由万有引力定律算得的星系团质量比用前一种方法算得的质量大了100倍。也就是说，如果结论正确的话，那么有99%以上的物质是看不见的，我们只能通过引力“感觉”到它们的存在。他还用同样的方法继续测量其他星系团，得到同样的结论。于是，兹维基将这些看不见的物质称为暗物质。

在20世纪30年代，兹维基的这个结论太富有幻想色彩了，当时无论如何是没人会相信的。但是，后来越来越多的证据表明，暗物质是真的存在的。现在的科学观测证据还表明，宇宙中，我们已知的物质只占有5%，剩下约25%是暗物质，而有约70%是暗能量。

尽管理论上证明暗物质是存在的，但是寻找暗物质之路却困难重重。为了找到它，几十年以来，地球上已建立了十几个寻找暗物质的实验室，但如今依然悬念重重。可以说，暗物质及暗能量是21世纪最大的科学谜团。

宇宙之王——霍金

《时间简史》的作者霍金，是英国剑桥大学的应用数学、理论物理学系教授，他是当今世界上最杰出的科学家之一，被誉为继爱因斯坦之后世界上最伟大的物理学家。

霍金的生平非常富有传奇性。通过从理论上证明黑洞的存在，他将与研究时空和宇宙有关的引力、量子力学、统计力学融合到了一起，因而获得了“宇宙之王”的美称。而他的所有成就却是在他被禁锢在轮椅上20年之久的情况下做出的，能做到这点真的是空前绝后。

霍金于1942年1月8日出生在英国牛津，23岁时就获得剑桥大学哲学博士学位。但他21岁那年不幸患上了卢伽雷氏症，肌肉萎缩，长期被禁锢在轮椅上。疾病使他的身体严重变形，头向右边倾斜，肩膀左低右高，双手紧紧地并在一起，两脚朝内侧扭曲，只要略带微笑，就会显出龇牙咧嘴的样子，这已成为他的标志性形象。1985年，他因患肺炎做了手术，从而基本丧失了说话的能力，说话只能通过手指操纵语音合成器来完成，而他也只有三根手指可以活动！

虽然上帝没有给他一个健康的身体，但并没有摧毁他的意志！他身体不能自由行动，不能写，说话口齿不清，但他却凭借顽强的意志和艰苦的努力，超越了相对论、量子论、大爆炸等理论，带领人们遨游到广袤的时空，去解开宇宙之谜。他是不折不扣的生活强者。

门捷列夫与元素周期表

1857年，年轻的门捷列夫任俄国圣彼得堡大学副教授，讲授化学基础课。当时，虽然已有化学家发现了元素间的某些联系，但他们并没有找到元素的正确分类方法。门捷列夫无所畏惧地投身于这个领域，开始了艰难的探索工作。

一天，门捷列夫把重新测定过原子量（现称为“相对原子质量”）的元素，按照原子量的大小依次排列起来。他发现，性质相似的元素，它们的原子量并不相近；相反，有些性质不同的元素，它们的原子量反而相近。

经过反复摸索，1869年2月19日，门捷列夫终于发现了元素之间的规律：元素（以及由它所形成的单质和化合物）的性质随着原子量的递增而呈周期性变化。此即元素周期律。他根据元素周期律编制了第一个元素周期表，把已经发现的63种元素全部列入表里。

根据规律，他还在表中留下了空位，预言了类似硼、铝、硅等未知元素（门捷列夫叫它类硼、类铝和类硅，即以后发现的钪、镓、锗）的性质，还指出了当时测定的某些元素原子量的数值有错误。若干年后，他的预言都得到了证实。

火，火，火：错误的燃素说

近代化学是从研究燃烧现象开始的。欧洲大陆上的科学家曾用“燃素说”来解释燃烧现象，他们认为一切可以燃烧的物质都包含一种可燃元素，它在燃烧过程中被释放出来，并被周围的空气吸收。

可问题是，燃烧的过程既然是燃素被释放的过程，那么为什么物体在燃烧后，其重量反而增加了呢？于是，一些化学家认为，燃素的重量是负数，当物体燃烧后，燃素放出，重量增加。这真是个奇怪的解释。

法国科学家拉瓦锡不相信燃素有负重量。1772年，他开始做燃烧实验。他找了个密封的容器，里面放上一些锡和铅，然后加热。加热后，两种金属的表面都出现一层金属灰。他对比了加热前和加热后的重量，发现容器的总重量没有变，而出现金属灰的锡和铅的重量都增加了，那么一定有别的东西失去了重量，拉瓦锡推测是密封容器中的空气。拉瓦锡最终证明这种金属灰是由金属和空气中的某种气体化合而成的。拉瓦锡将这种气体取名为“氧气”。

拉瓦锡的氧化说彻底推翻了燃素说，从此，真正现代意义上的化学建立了。

爱迪生与白炽灯

19世纪前，一到晚上人们便用油灯、蜡烛等来照明。但自从法拉第发明发电机后，科学家便设想用电来照明。在爱迪生之前，已有人发明了电灯泡，但是使用寿命极短、生产费用高，仅能满足实验室的需要。

爱迪生对这个问题产生了浓厚的兴趣。为了研究出使用寿命长的电灯，爱迪生制订出详细的试验计划，分别在两方面进行试验：一是分类试验耐热发光性能不同的材料；二是改进抽空设备，使灯泡内有较高的真空度。

为了找到耐热材料，爱迪生在实验室里常常一天工作十几小时，有时连续试验好几天。最后，爱迪生竟将1600多种耐热发光材料逐一试验下来，发现唯独白金丝性能最好，但白金价格贵得惊人，必须找到更合适的材料来代替。1879年，几经实验，爱迪生最后决定用炭丝来做灯丝。他把一截棉丝撒满炭粉，弯成马蹄形，装到坩埚中加热，做成灯丝，然后放到灯泡中，再用抽气机抽去灯泡内的空气。灯泡通电后，竟能连续使用45小时。就这样，世界上第一个炭丝白炽灯问世了。

莫尔斯发明电报机

1832年10月，41岁的莫尔斯从欧洲乘“萨丽”号邮轮回纽约，恰巧跟物理学家杰克逊同住一个房间，在漫长的航程中，杰克逊做了许多电学实验，但有一个实验把莫尔斯深深吸引住了。他发现，当电磁铁（由线圈组成）通电时，铁片被吸住了；断电后，电磁铁失去磁性，铁片又掉了下来。莫尔斯于是陷入了沉思，几天后，他在日记本上记下了一个设想，即可以通过电路的通和断来传递信息。

然而，莫尔斯物理知识贫乏，回美国后，他立马向纽约大学物理学教授盖尔请教。1835年底，刻苦的他终于用旧材料制成了第一台电报机。后来，莫尔斯又得到了美国电磁学权威亨利的指导，改进了装置。莫尔斯还发明了代码，用点和划来表示英文的26个字母。

1838年1月，莫尔斯和助手贝尔进行3英里（约合4.828千米）收发电报的试验获得了成功。1844年，一条位于华盛顿和巴尔的摩之间的长距离电报线路设置完毕了。5月24日，在华盛顿举行的通报典礼上，电报发明者莫尔斯用激动的手指向70千米外发出了人类历史上第一份长途电报：“上帝创造了何等的奇迹！”

贝尔与电话

1869年，贝尔定居美国，在波士顿大学教书。他有一项兴趣就是研究电报机。有一次，当他在做电报机实验时，偶然发现一块铁片在电磁铁前振动时发出微弱的声音，而且他还发现这种声音能通过导线传到远方。这给贝尔以很大启发。他想，如果对着铁片讲话，是不是可以引起铁片的振动呢？

于是，贝尔辞去了教授职务，一心扎入发明电话的试验中。其间，他很偶然地遇到了18岁的电气工程师沃森，两人开始合作。经过无数次失败，两年后，他们终于制成了两台粗糙的样机：圆筒底部的薄膜中央连接着插入硫酸的碳棒，人说话时薄膜振动从而改变电阻，使电流变化，在接收处再利用电磁原理将电信号变回声音。但不幸的是试验失败了。

正当他俩冥思苦想无计可施之时，窗外的吉他声提醒了他们：会不会是送话器和受话器的灵敏度太低了？于是，他们连续干了两天两夜，自制了音箱，改进了机器。1875年6月2日傍晚，沃森终于听到了贝尔清晰的声音："沃森先生，快来帮帮我！"

就是这句极其普通的话，竟成为人类通过电话传送的第一句话。那年贝尔28岁，而沃森只有21岁。

马可尼与无线电通信技术

最初的电报、电话需要导线传输信号，这使通信受到很大的局限。19世纪末，意大利的马可尼发明的无线电通信技术，成为通信技术发展史上的一次飞跃。

马可尼从小就喜欢摆弄线圈、电铃，20岁时便一头钻进了电磁波的研究中。他想，既然德国物理学家赫兹能在几米外测出电磁波，那么只要检波器足够灵敏，也一定能在更远的地方测出电磁波。

一次，马可尼把一只煤油桶展开，变成一块大铁板，作为发射的天线。把接收机的天线高挂在一棵大树上，用以增加接收的灵敏度。他还改进发射机，以增大功率。他把发射机放在山冈的一侧，接收机安放在山岗另一侧的家中。当他助手发送信号时，他守候着的接收机接收到了信号，并带动电铃发出了清脆的响声。这次实验的距离达到2.7千米。

自1898年马可尼第一次发射无线电。到1901年12月，他的发报系统已使无线电波越过英国康沃尔郡的波特休和加拿大纽芬兰省的圣约翰斯之间的大西洋，距离为2100英里（约合3381千米）。由于马可尼在无线电通信技术方面的贡献，1909年，他与布劳恩一起获得诺贝尔物理学奖。

留声机的故事

贝尔1875年发明的电话有个很大的弱点，即灵敏度差，通话时双方必须大喊大叫才能听得清。为此，爱迪生想方设法改进通话效果。

1877年的一天，爱迪生正在调试送话器，因为右耳听力不好，便用一根短针代替右耳，以检验送话器膜片的震动。他惊奇地发现，随着说话的快慢高低，短针会产生不同的颤动。爱迪生心想，这种颤动能不能反过来还原出原先的说话声音？

经过几天几夜的苦战，爱迪生发现，把膜片上的针对准急速旋转的蜡纸时，声音引起的膜片的振动可以刻在蜡纸上。所以他确信，完全有可能把人的声音完整地储存起来，需要的时候再把声音放出来。

1877年8月，爱迪生让助手按他设计好的图纸去制造了一台机器。一天，爱迪生取出一张锡箔，将它包在这台机器刻有螺旋槽纹的金属圆筒上，让针的一头轻擦着锡箔转动，另一头和受话机连接。爱迪生摇动曲柄，对着受话机声情并茂地唱了一首儿歌："玛丽有只小羊羔，雪球儿似的一身毛……"

唱完后，爱迪生把针放回原处，然后慢悠悠地摇动曲柄。机器不紧不慢、一圈又一圈地转动着，过了一会儿，这台机器唱了起来："玛丽有只小羊羔……"留声机就这样诞生了。

摄影术的诞生

1826年，法国发明家尼埃普斯拍出了世界上第一张照片，但是这种照片需要曝光的时间长达8小时以上，而且技术很难掌握。最让人遗憾的是，过了一段时间后，照片会变暗、模糊，不能长期保存。

尽管如此，法国化学家达盖尔听到这个消息后还是很高兴，他决定在此基础上开发出一种曝光时间短的照相技术。1829年，达盖尔与尼埃普斯合作，共同发展和完善尼埃普斯发明的照相技术。他俩一起合作了4年，直到1833年5月5日，尼埃普斯因病在巴黎辞世。

但达盖尔并没有因此停下来。1838年的一天，达盖尔突然发现，有一个影像留在了物体上。于是，他把附近的物品逐一挪开，想看看究竟是什么造成了这个现象。最终真相大白：一支打碎了的温度计漏出的水银使影像留在了物体上。就这样，达盖尔的银版照相法诞生了。他把镀有碘化银的钢板在暗箱里曝光，然后用水银蒸气显影，再用普通食盐定影。由此法得到的像十分清晰，而且可以永久保存。曝光时间也大大缩短，只需要20～30分钟。后来，达盖尔据此制成了世界上第一台照相机。

电影技术的诞生

1832年，比利时物理学家普拉托发明了一种“诡盘”，它的神奇之处就在于，描画在硬纸盘上的画面会因转盘转动活动起来。原来，人眼观察物体时，即使该物体变动了，但原有的视觉形象并不会马上消失，会在眼中保留一段时间。这一现象称为“视觉暂留”。早在1829年，普拉托就发现了这一现象，“诡盘”就是根据这一原理制作的。

到1880年，英国摄影师迈布里奇发明了“动物实验镜”，他用多架相机拍摄奔腾的骏马在不同时段的一组照片，然后把这些分解动作绘制在玻璃圆盘的边缘，玻璃转动时就可以把影像投射到屏上，这时屏上的影像看起来就像在活动。1882年，为了研究动物结构，法国科学家马雷受此启发，改进了连续摄影方法，研制成功了“摄影枪”，它1秒能连续拍摄12张照片。

1888年，法国人雷诺研制成功了“光学影戏机”，这是一个大型的活动视镜，已可向公众放映。1889年，美国发明大王爱迪生的下属迪克森在爱迪生的提议下发明了活动电影放映机。它通过在一个光源前高速转动带有连续图片的电影胶片条来产生活动的错觉。迪克森和他的团队同时还设计了活动电影摄影机，它可以连续地拍摄图像。

1894年4月，第一场历史性的商业电影放映在纽约举行，标志了电影文化的诞生。

电视的发明

早在19世纪末，人们就已开始研究如何将图像转变成电子信号。苏格兰的贝尔德在20岁时，一位朋友对他说，既然马可尼能够远距离发射和接收无线电波，那么发射图像应该也是可能的。这一想法大大触动了贝尔德，他决定去尝试一下。

电视机的原理，就是把场景图像分成很多明暗不同的小点，再把它们用电信号的形式发送出去，接收的一端则让图像重现出来。为了完成这项工作，贝尔德建了一个简陋的实验室。他没有实验经费，只好用盥洗盆、破茶叶箱、从废物堆里捡来的电动机，以及装在旧饼干箱里的投影灯作为实验器材。他把这些凌乱的东西用胶水、细绳及电线连在一起使用。

就这样，贝尔德在他简陋的实验室里年复一年地试验。他体弱多病，病痛又折磨着他，因筹不到多少经费，条件很艰苦，有时到了没钱付房租、没钱吃饭的境地。在一次实验中，他甚至被高达2000伏的电压击倒在地，昏了过去。

1925年10月2日，贝尔德在伦敦的一次实验中终于“扫描”出了木偶的图像。人们通常把它看作是电视诞生的标志，他因此也被称为“电视之父”。1936年秋，英国广播公司正式从伦敦播送电视节目。而此时的贝尔德又开始埋头研究彩色电视了。

瓦特与蒸汽机

蒸汽机是将蒸汽的能量转换为机械做功的动力机械。16世纪末到17世纪后期，英国采矿业，特别是煤矿业，已发展到相当大的规模，单靠人力、畜力已很难胜任排除矿井地下水的工作，而现场丰富而廉价的煤对此又派不上用场。

1705年，英国工程师纽卡门发明了用于矿井提水的蒸汽机。但它的耗煤量大、效率低。那是因为蒸汽进入汽缸时，会在刚被水冷却过的汽缸壁上冷凝，从而损失掉大量热量，所以纽卡门蒸汽机只在煤价低廉的产煤区才得到推广。

1764年，英国从事仪器修理的瓦特为格拉斯哥大学修理纽卡门蒸汽机模型时，注意到了它低效耗能这一缺点，经过反复琢磨，1765年他发明了设有与汽缸壁分开的凝汽器的蒸汽机，并于1769年取得了英国的专利。初期的瓦特蒸汽机仍用平衡杠杆和拉杆机构来驱动提水泵，为了从凝汽器中抽除冷凝水和空气，瓦特还装设了抽气泵。他还在汽缸外壁加装夹层，用蒸汽加热汽缸壁，以减少冷凝损失。

瓦特的创造性工作使蒸汽机的热效率成倍提高，煤耗大大下降。蒸汽机因此迅速发展。它原来只是作为提水的机械，后来被推广应用到了很多方面。

第一辆汽车的来历

很早人们就梦想着制造出能自动行驶的车辆。1769 年，法国的库纽用蒸汽机做动力，在巴黎文森森林公园制造出一辆三轮蒸汽车。它用木头做成，可以同时坐4个人，每小时可行驶9.5千米。不过，因为车子放着一个大大的锅炉，开起来一点也不稳。

1866年，德国发明家奥托制造出了四冲程发动机，它的出现使革新以前的蒸汽车成为可能。但要安装在车上，首先碰到的问题是怎样使发动机变小。德国工程师本茨想，只要把发动机的汽缸变小，发动机就小了。于是，本茨把突破口放在汽缸的改进上。

1885年，本茨造出了世界上第一只小型汽缸，也在这一年，本茨将他的发动机第一次安装在他设计的车上。这是一辆三轮车，在两个后轮中间加了发动机。这辆车重254千克，每小时可行驶16千米，是一辆先进的自动行驶车。但因担心出丑，本茨不敢试车。他的妻子贝尔塔看见丈夫为这事烦恼，决定由她来试。一天早上，贝尔塔在孩子的帮助下，把车子开上了马路。世界上第一辆真正的汽车就这样上路了，“噗噗噗”的机器声震惊了路旁的行人，人们惊奇地望着这位妇女驾驶着汽车飞快驶去。贝尔塔因此成为世界上第一个试车的人。

最早的飞机

1900年10月的一个傍晚，美国莱特兄弟设计的滑翔机居然迎着海风飘了起来。尽管只有几秒钟的飞行，只飞了1米多高。1900—1903年，兄弟两人共制造出3架滑翔机，并进行了1000多次滑翔飞行，还自制了200多个不同的机翼，滑翔距离已多次超过1000米。

从1903年夏开始，莱特兄弟决定着手制造能自身提供动力的双翼机。但当时根本买不到飞机发动机。为此，他们请了机械师泰勒帮他们制造了一台大约12马力（约合8.826千瓦）、重77.2千克的活塞式发动机。

1903年12月17日早上，莱特兄弟把不久前组装完毕的“飞行者”1号飞机停放在了美国北卡罗莱纳州的基蒂霍克空旷的沙滩上。10时35分，哥哥奥维尔爬上“飞行者”1号的下机翼，俯卧在操纵杆后面的位置上，手中紧紧握着木制操纵杆，弟弟维尔伯则开动发动机并推着它滑行。飞机随着发动机的启动而剧烈震动，几秒钟后便在自身动力的推动下从斜坡上缓缓滑下，在飞机达到一定速度后，维尔伯松开手，飞机像小鸟一样飞上了天空。

尽管“飞行者”1 号在空中只飞行了12秒，共36.5米，就落在沙滩上，但人们梦寐以求的载人空中持续动力飞行终于成为现实，人类的动力航空史就此拉开了帷幕。

巴贝奇的差分机和分析机

1812年，巴贝奇才20岁。一天晚上，他坐在剑桥大学的一间办公室里，若有所思地看着一张对数表，他觉得这些表也许可以用机器来计算。

一天，巴贝奇突然想到了曾在巴黎博览会上看到的法国人杰卡德发明的提花编织机。它的设计非常巧妙，要编织的图案可以事先用穿孔卡片记录下来，然后用这些穿孔卡片控制机器运转，从而织出各种复杂的图案。巴贝奇一下子找到了灵感，于是着手研制差分机。

但由于当时工业技术水平极低，在研制差分机过程中，从设计绘图到机械零件加工，都由巴贝奇亲自动手完成。整个研制过程整整耗费了巴贝奇十年光阴。1822年，第一台差分机终于诞生了，它可以处理3个不同的5位数，计算精度达到6位小数，当即就演算出了好几种函数表。

1834年，巴贝奇提出了一项更大胆的设计——一种通用的数学计算机。巴贝奇把这种新的设计叫“分析机”。按照巴贝奇的设计，要用蒸汽做动力，通过大量齿轮来转动。但因这项工程太庞大，最终失败了。值得一提的是，现代计算机的设计思想几乎与100多年前巴贝奇设计的分析机完全相同，它们为现代计算机设计思想的发展奠定了基础。

冯·诺依曼与计算机

1944年夏的一天，正在火车站候车的美籍匈牙利科学家冯·诺依曼巧遇美国弹道实验室的军方负责人戈尔斯坦。当时，戈尔斯坦正参与ENIAC计算机的研制工作。在交谈中，戈尔斯坦告诉了冯·诺依曼有关ENIAC的研制情况。一直为他所在实验室的计算问题所困扰的冯·诺依曼一下子为这一研制计划所吸引，他意识到了这项工作的深远意义。

后来，经人邀请，冯·诺依曼也加入了ENIAC计算机研制小组。在这个小组中，冯·诺依曼显示出他深厚的数理基础知识功底，充分发挥了他的顾问作用及探索问题和综合分析的能力。其间，冯·诺依曼以“关于EDVAC的报告草案”为题，起草了长达101页的总结报告。这份报告是计算机发展史上一份划时代的文献，它向世界宣告，电子计算机的时代开始了。

EDVAC方案明确奠定了新机器由五个部分组成，包括运算器、逻辑控制装置、存储器、输入和输出设备，并描述了这五部分的职能和相互关系。他还根据电子元件工作原理，建议电子计算机采用二进制。

现在使用的电子计算机，其基本工作原理是存储程序和程序控制，它也是由冯·诺依曼提出的。冯·诺依曼因此被称为“现代电子计算机之父”。

给地球量“胸围”

绕地球一圈有多长？对于缺乏地理学和天文学方面的古人来说，这真的是一个难题。但这并没有难倒古希腊哲学家、天文学家和地理学家埃拉托色尼。

原来，埃拉托色尼听说，赛伊尼（Syene，今埃及阿斯旺）附近的尼罗河上有一个河心岛，上面有一口深井，在夏至日那天太阳光可直射到井底。它表明太阳在夏至日那天正好位于此地天顶。为此，埃拉托色尼在位于其正北方的亚历山大里亚选择了一个很高的方尖塔作为参照，测得夏至日那天方尖塔的阴影长度。这样他就可以量出直立的方尖塔和太阳光线之间的夹角。埃拉托色尼通过测算得到这一角度为7.2°，即相当于圆周角360°的1/50。由此可知，以地心为中心点，这一角度对应的经线弧长，即为赛伊尼到亚历山大里亚之间的距离，应相当于地球周长的1/50。

埃拉托色尼借助于皇家测量员的测地资料，得到这两个城市之间的距离。这样，乘以50即可得到地球周长。后来，埃拉托色尼经过测算又对地球周长做了修正，修正后的地球周长经换算为39 690千米，这与地球实际周长十分接近（地球子午线周长为40 008千米）。

岩石形成之“水火之争”

岩石是怎么形成的？18世纪末，以德国地质学家维尔纳为代表的学者认为，在地球生成的初期，表面被原始海洋所掩盖，溶解在其中的矿物通过结晶，逐渐形成了岩层。以后由于局部地壳抬升，一些岩石露出海面，成为陆地。人们称他的观点为“水成说”。

但以英国地质学家赫顿为代表的一些科学家却认为，花岗岩等岩石是不可能在水里产生的，而是与地下的岩浆作用有关，是由高温的岩浆冷却结晶而成。此即“火成说”。

这两个学派都倾向于用各自观察到的经验证据来支持自己的地质理论。后来，在英国爱丁堡召开的一次国际学术会议中，两个学派在附近的火山脚下对那里的地层结构成因展开了激烈的现场辩论。辩论过程中，双方互相攻击和谩骂，最后竟拳打脚踢，演出了科学史上少有的科学家用武力来解决学术问题的闹剧。

1830年，英国地质学家莱伊尔根据岩石成因将岩石分为水成岩类、火山岩类、深成岩类、变质岩类，“水火之争”才终于平息了下来。现代地质学则将岩石分为三大类，即火成岩，沉积岩和变质岩。

漂移的大陆

1910年，德国气象学家、地球物理学家魏格纳在翻阅世界地图时，无意间发现了一个奇怪现象，大西洋两侧海岸线的形状非常吻合。例如，南美洲东部巴西凸出部分，正好可以嵌入非洲西海岸几内亚湾的凹进部分。

魏格纳认为这种现象绝非偶然，于是一个大胆的假设在他脑海中形成。他认为，地球上的大陆在几亿年前原本是完整的一块，它的周围则是一片海洋。后来这块古大陆分裂为几块碎片，并缓慢漂移，形成了今天我们所看到的样子。

1912年1月6日，魏格纳发表了他的大陆漂移假说。但提供的论据并不充分。后来，他不断搜集资料来论证他的假说，并于1915年出版了《陆海的起源》一书，系统地阐述了大陆漂移说。这本书20世纪20年代又再版了两次，魏格纳不断地将收集到的证据充实其中。

由于受当时科学发展水平的限制，他的理论有致命弱点，如无法说明大陆是怎么漂移的，以及漂移的动力来自何处，所以遭到科学界很强烈的反对。直到20世纪60年代，科学家发现海底扩张，并建立板块构造学说，大陆漂移说才真正为人们所认可。

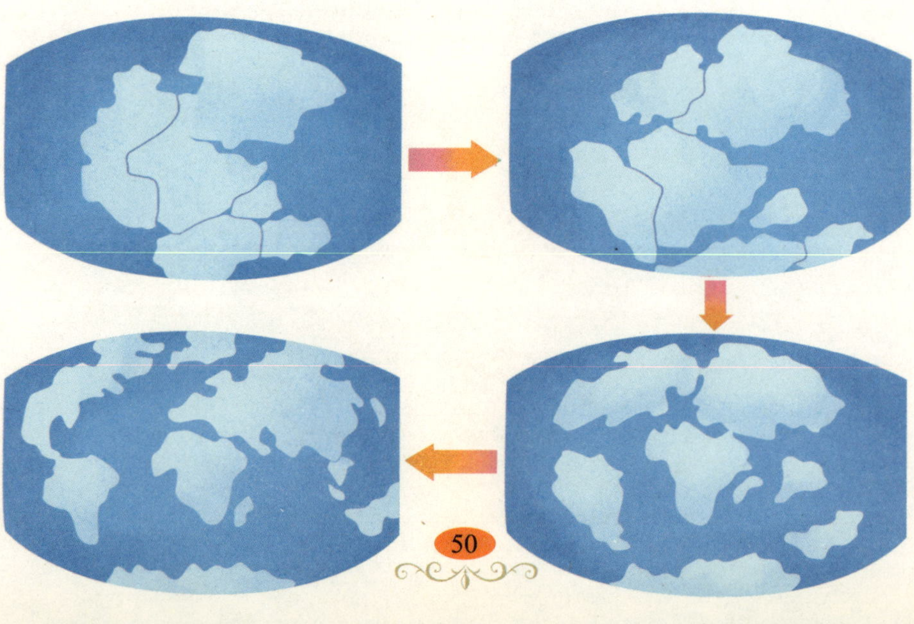

大气有多重?

人们很早就知道，用活塞做的抽水泵抽井水时，最高只能将水提到井水水面以上约10米处。为什么只能抽到这个高度？意大利物理学家托里拆利认为，地球被一个由空气组成的“海洋”包围着，由于空气本身有重量，它会对其下方的物体施加压力，正是施加在井水表面的这一压力迫使井水在泵管内上升。泵管内水柱的最大高度（约10米）反映了大气施加在井水表面的全部压力。

托里拆利想，如果用细玻璃管代替泵管、用水银代替水来做试验，那么大气的压力也应当能托住一定比例的水银柱。1643年，他因此发明了水银气压计。1648年，法国物理学家帕斯卡提出，既然气压是由大气的重量引起的，那么位置越高，气压则越低。所以，他推测，托里拆利气压计中的水银柱的高度将随着气压计位置的增高而减小。

为验证他的推论，帕斯卡请他的合作者皮埃尔在一座山的山脚下测量了托里拆利气压计的水银柱高度，然后将整个装置小心翼翼地携带到约1300多米高的山顶再重复进行这一测量。与此同时，山脚下还留有一具气压计进行对照，由一位助手照看。皮埃尔发现气压计的水银柱在山顶上较山脚下要短76毫米以上。托里拆利的假设终于得到了更直接的证据。

风的级别

风有自己的“级别”，我国唐代天文学家李淳风是第一个给风定级的人。在他的著名的书《乙巳占》一书里，他把风分成八个级别。这八级风力标准是：一级，叶动（树叶微微动）；二级，鸣条（风吹树枝发出声音）；三级，摇树（树木摇动）；四级，坠叶（树叶被吹落）；五级，折小枝（树梢折断）；六级，折大枝（树木粗的枝丫折断）；七级，折木（树木折断）、飞砂石（砂石被风卷吹起）；八级，拔大树及根（大树被连根拔起）。这八个等级再加上“无风”和“和风”（微弱的风），一共把风分成10个等级。李淳风还对风向做了规定，把以前的东、南、西、北、东南、西南、东北、西北这8个方向更细致地划分成24个方位。

1805年，英国人蒲福则把风划分成12个等级，加上“无风”，形成13个风级。他的划分比早他1000多年的李淳风的分级要更精确些，里面不但有风对地面物体的影响，还考虑了风对海浪的影响。蒲福风力等级也因此成为国际通用标准。

尽管在探索大自然的风的方面，李淳风比蒲福早了1000多年，但是这并不代表做出贡献晚的人不如前人，人类对自然的探索和研究是始终在进步的。

哥伦布发现新大陆

以前，来自中国和印度的货物通过“丝绸之路”运到欧洲。但自1453年奥斯曼土耳其帝国征服君士坦丁堡后，通往亚洲的陆路被切断了。葡萄牙的航海家只好希望能绕过非洲到达亚洲。1487年，葡萄牙航海家迪亚斯成功地绕过南非南端的好望角，但海路路途遥远，而且危险重重。

这时的哥伦布已掌握了一些地理知识，他坚信只要一直向西航行，也能到达亚洲，所以他制订了不同的计划，并到处游说了十几年。1492年，哥伦布终于得到了西班牙王室的资助。1492年8月3日，受西班牙国王派遣，哥伦布带着给印度君主和中国皇帝的国书，率领87名水手，指挥三艘载重仅百吨左右的帆船，从西班牙西南的一个小海港——帕洛斯港起锚扬帆西航。

他执着向西，经七十昼夜的艰苦航行，终于在1492年10月12日凌晨2点，在巴哈马群岛水域发现了“陆地”。1493年3月4日，哥伦布回到里斯本，从此声名远扬。不过，哥伦布一直以为到达了印度，压根没想到他发现了美洲大陆。

达·伽玛绕过好望角到达印度

15世纪，葡萄牙是海上强国，但自1492年哥伦布发现中美洲诸岛以后，西班牙开始崛起，并向葡萄牙的霸权提出了挑战。为了避免两国发生纠纷，他们便坐下来谈判。1494年，两国签订“托尔德西利亚斯条约”。条约规定，两国共同垄断欧洲以外的世界，并规定，在葡萄牙的佛得角群岛以西和中美洲诸岛以东之间的海域画一条经线，这条线以东部分归葡萄牙，以西则归西班牙。

于是，葡萄牙专心向东发展，继续做开辟香料海上贸易的梦。而且，1487年葡萄牙航海家迪亚斯已到过好望角，所以1497年，葡萄牙国王派达·伽玛率领一支船队（共4条船）再沿此路线去找印度。

船队经加那利群岛，绕过好望角，经过莫桑比克等地，终于在1498年5月20日到达了印度西南部卡利卡特。同年秋，船队离开印度，并于1499年9月9日回到了里斯本。

达·伽玛通航印度，大大促进了欧亚贸易的发展。在1869年苏伊士运河通航前，欧洲对印度洋沿岸各国和中国的贸易，主要依靠这条航路。这条航路的通航也是葡萄牙和欧洲其他国家在亚洲从事殖民活动的开端。

麦哲伦环球航行

麦哲伦是葡萄牙人，25岁那年他就跟着葡萄牙的远洋贸易船队去了印度。回到葡萄牙后，麦哲伦决定开发一条向西航行到达印度的航线，也就是绕过南美洲到达“香料群岛”（今天印度尼西亚的一些岛）。于是，他劝说国王让他带领一个船队向西探险。因为与西班牙有约在先，南美洲不是葡萄牙的势力范围，所以国王更愿意把精力放在加强现有的（绕过非洲）航道上，扩张在印度的殖民势力。于是，麦哲伦转而游说西班牙，当时的西班牙国王查理一世立马同意支持麦哲伦的探险。

1519年9月20日，麦哲伦探险船队驶离了西班牙，扬帆西航。麦哲伦的探险船队由5艘远洋海船、200多名船员组成，旗舰“特里尼达”号排水量110吨，其余不足百吨。

1522年9月6日，其中的“维多利亚”号远洋船满载香料回到了西班牙，完成了人类首次环球航行。出发时的200多名船员只剩下18名船员返回。而麦哲伦本人则于1521年 3月在菲律宾群岛征服土著居民时遭到反抗，客死他乡。

麦哲伦环球航行是世界航海史上的一大成就，它的成功不仅开辟了新航线，还通过探险航行证明了地球是圆的。

人工影响天气

世界各地都有求雨的习俗。在中国古代，人们认为干旱是因为得罪了龙王，于是设坛祭祀，请来道士呼风唤雨。即使是被称为天下至尊的皇帝，在那个时候也不得不下跪，祈求龙王降下甘霖。但是，求雨只是无助的人们面对干旱时所表达的一种美好的愿望而已，并不能真正影响天气。

1949年的夏天，美国通用电气公司的科学家谢弗和同事在一次实验中，为了加快制冷机中的空气降温，便扔了一块干冰进去，结果他们呼出的水蒸气迅速变成了无数小冰晶，在制冷机里下起了人造雪。就这样，他们找到了人工影响天气的秘密。

当年11月寒冷的一天，谢弗登上飞机，往一片云中播撒干冰，结果洁白的雪花真的从云中飘然而下，由此造就了科学史上的一段佳话。

现在人工降水技术已趋于成熟，气象工作者已能将适当的催化剂（盐、干冰、碘化银等）播入云中，以此作为凝结核、冰核或制冷剂，来引导云中水滴或冰晶增大而降落，从而形成降水。此外，人工影响天气还包括人工抑雹、人工消雨、人工消雾、人工防霜等。2008年北京奥运会期间，人工消雨为奥运会顺利进行起到了很好的保障作用。

寂静的春天

1958年1月，美国女海洋生物学家雷切尔·卡逊收到一位朋友的求助信，信中写道，1957年夏，马萨诸塞州政府为消灭蚊子租用一架飞机喷洒DDT，飞过她的私人禽鸟保护区。第二天，她的许多鸟儿都死了。

DDT是一种毒效很强的杀虫剂，它能杀灭蚊子和其他的害虫，使农作物提高收成，但同时也会杀灭益虫。更可怕的是，被喷过DDT后，许多昆虫能迅速繁殖抗DDT的种群。而且，由于DDT会累积在昆虫体内，这些昆虫成为其他动物的食物后，那些动物，尤其是鱼类、鸟类，也会中毒并受到危害。

朋友的这封信使卡逊受到极大震动，她决定把这个问题写出来，让大家都能意识到DDT的危害。于是，她花了4年的时间来研究化学杀虫剂对生态环境的影响，亲自观察、采样、分析，并在此基础上写成了《寂静的春天》一书。书中描述，由于滥用杀虫剂，人类可能将面临一个没有鸟、蜜蜂和蝴蝶的世界。

1962年，这本书在美国问世后，很快在世界范围内唤起了人们的环保意识，从此开启了人类的环境保护之旅。

蝴蝶效应

1961年的一天，美国麻省理工学院气象学教授洛伦兹用计算机模拟天气过程，以此来进行天气数值预报试验。那天，为了省事，他把原来小数点后保留了六位的初始数据用仅保留了三位的数据来代替进行计算。当他喝了杯咖啡回来看结果时大吃一惊，他发现，刚开始的计算结果与前一次计算结果相差不大，但越往后计算结果相差越大，以至到后来已相差十万八千里。检查了计算中的每个细节后发现，初始数据上的微小差异在计算中会不断累积，并以极快的速度增长，最后造成重大的差异。

这就意味着开始时微小的空气扰动会不断地对天气系统产生影响，最后导致完全不一样的天气系统。后来，他形象地用“南美洲亚马孙热带雨林中的一只蝴蝶偶尔扇动几下翅膀，两周后可以在美国得克萨斯州引起一场龙卷风”做比喻，来阐述这一过程。

这就是所谓的“蝴蝶效应”。这个效应说明，天气系统对初值的变动具有很强的敏感性，初始条件的微小偏差长时间后会使系统彻底偏离原来的演化方向，这也从理论上说明长期天气过程是难以做出准确预报的。正是由于洛伦兹的这一发现，不久后混沌理论诞生了。

温室效应与全球变暖

现代地球的平均地面温度约为15℃，这是太阳系行星中唯一能使生命存在的适宜环境温度。如果地球上没有大气层，地球的平均地面温度将降至−18℃，其受热、冷却状况将跟月球类似，那样的话，地球上就不可能有生命存在。

其实，大气层中的水汽、二氧化碳、甲烷等气体具有保温作用，它们能吸收地球返回太空的部分热量，使地球表面温度上升。这些气体的功用和温室玻璃有着异曲同工之妙，都是只允许太阳辐射进来，而阻止热量散出去，从而具有保温、升温作用，因此它们被形象地称为温室气体，它们所产生的保温、升温现象被称为温室效应。

后来还发现，广泛用于日常生活中的氯氟烃类物质（如氟利昂）的吸热能力远远大于其他温室气体。但由于大气中二氧化碳含量较多，从全球升温的贡献百分比来说，所占的比例最大，约为55%。

自工业革命以来，人类活动向大气中排放了大量的二氧化碳，已引起全球变暖。目前，全球变暖已成为人们关注的热点问题。

臭氧层空洞

臭氧是大气中的微量气体之一，主要集中在平流层，在离地20～25千米的高空中浓度最高，形成臭氧层。臭氧层能吸收太阳光中的紫外线，如果臭氧层臭氧减少，到达地面的紫外线便增加，对生态环境有破坏作用，能影响人类和其他生物有机体的生命活动。

20世纪70年代，英国科学家通过观测发现，南极上空的平流层中，臭氧含量开始逐年减少，尤其在每年的9–10月（相当于南半球的春季）减少的更为明显。1985年，英国南极考察队在南纬60°地区通过观测发现了臭氧层空洞，看起来它就像天空塌陷了一块似的。

臭氧层空洞从此引起世界各国极大关注，世界上大多数科学家认为它是人类活动造成的。人类大量使用的氯氟烃类物质（如制冷剂、发泡剂、清洗剂等）在大气对流层中不易分解，当它们进入平流层后受强烈的紫外线照射，分解产生氯游离基，氯游离基同臭氧发生化学反应，使臭氧急剧减少，从而造成臭氧层被严重破坏。

为了保护生态环境，1987年9月16日，联合国环境署在加拿大的蒙特利尔召开会议，通过了《关于消耗臭氧层物质的蒙特利尔议定书》，以控制氯氟烃类物质对臭氧层的损害。

“审判”达尔文

1831年，刚从剑桥大学毕业不久的达尔文，经老师推荐，以“博物学家”的身份参加了同年12月27日英国“贝格尔”号环绕世界的科学考察航行。一直到1836年10月2日才回到英国。一回来，达尔文便开始整理、研究考察所搜集到的标本和资料。

达尔文曾是个有神论者，但他发现，考察中的许多现象用神创论是无法解释的。研究过程中，他的脑海中渐渐产生了“物种变化”这一思想。1838年，他很偶然地读到了马尔萨斯的《人口论》。受此启发，他更确信：世界并不是上帝在一周内创造出来的，地球的历史远比《圣经》里提到的要久远得多；所有的动植物不是一成不变的，它们处在不断变化之中；人类也不是亚当和夏娃的后代，可能是由某种原始的动物进化而来的。

达尔文意识到，各种生物为生存相互斗争，自然条件是生物进化中的“选择者”，适应自然变化的就存活，不适应的就灭亡。清末翻译家、教育家严复在其译著《天演论》中将达尔文的思想用八个字来表达：物竞天择，适者生存。

1859年，达尔文的《物种起源》一书问世，不久即遭到宗教神创论者的攻击。1860年，达尔文进化论的忠实支持者赫胥黎与反对者展开论战，沉重地打击了神创论者。

鸟类起源于恐龙吗？

19世纪60年代末期，在一次圣诞晚宴上，英国博物学家赫胥黎无意中发现，盘中火鸡的骨骼结构与一种兽脚类恐龙十分相似。当时，他的脑海里闪过一个惊人的念头：今天地球上的鸟类会不会是远古时期的恐龙进化而来的？

后来，赫胥黎比较了鸵鸟和巨齿龙的后肢骨骼，竟找到35种共同特征。在1870年伦敦地质学会上，他提出了他的理论，但立即遭到激烈的反对。争论的焦点在于，鸟类都有两块锁骨愈合而成的叉骨，这在已发现的兽脚类恐龙化石上从未看到过。

但是，1936年，美国亚利桑那州居然出土了一块带叉骨的兽脚类恐龙化石。1969年，美国著名的鸟类起源问题专家奥斯特罗姆研究了兽脚类的恐龙爪之后，更确信鸟类起源于小型的兽脚类恐龙。

尽管如此，从兽脚类恐龙进化到鸟类，中间的过渡环节一直没有找到证据。1996年8月，中国古生物专家季强得到一块肉食性恐龙化石，但它具有所有这类恐龙化石都没有的纤维状皮肤衍生物。第二年，这块命名为“中华龙鸟”的化石被证明长有羽毛。这个发现轰动一时，人们找到了由恐龙演化到鸟类过程中那“缺失的一环”。

血液循环

早在1800多年前，古罗马名医盖伦提出：血液在血管内的流动如潮水一般，一阵一阵地向四周涌去，到了身体的四周后自然消失。

到了1628年，英国医生哈维做了一个实验。他把一条蛇解剖后，用镊子夹住大动脉，他发现，镊子以下的血管很快瘪了，而镊子与心脏之间的血管和心脏本身却越来越胀，几乎要破了。哈维赶紧去掉镊子，心脏和动脉又恢复正常。接着，哈维又夹住大静脉，发现镊子与心脏之间的静脉马上瘪了，与此同时，心脏体积变小，颜色变浅。哈维又去掉镊子，心脏和静脉也恢复正常了。

经过周密思考，哈维最后得出结论：血液被心脏推出后，进入了动脉，而静脉里的血液则流回到了心脏。动脉与静脉是相通的，血液在体内是循环不息的。

1661年，意大利解剖学家马尔比基利用显微镜研究蛙肺的显微结构时，发现了毛细血管。后来，荷兰科学家列文虎克凭借自制的性能优良的显微镜，仔细观察了马尔比基提到的毛细血管，最终证明动脉与静脉通过毛细血管相连，从而验证了哈维的血液循环理论。

列文虎克与他的显微镜

17世纪60年代末，在一个偶然的机会里，从事市政事务工作的列文虎克从朋友那里得知，放大镜可以把看不清的小东西放大。具有强烈好奇心的他决定买一个放大镜来看看，但价钱贵得吓人。就在列文虎克悻悻地退出眼镜店时，看到店里的工作人员在使劲地磨着镜片。细心观察后，他决定自己来磨。最后，他自己动手制作了一架显微镜。

自从列文虎克有了自己的显微镜后，他的手、蜜蜂、蚊子、甲虫都是他观察的目标。可是，当他把身边能够观察的东西都看过之后，便不满足了。他决定造一架更大、更好的显微镜。为此，列文虎克干脆辞掉了工作，专心制作显微镜，几年后，列文虎克制作的显微镜已能把细小的东西放大两三百倍。

1673年的一天，英国皇家学会收到了一封来信，里面是列文虎克写的一篇论文。打开一看，他们立刻被里面有关皮肤、肉类、蜜蜂等的观察记录深深地吸引住了。最终，研究报告在英国皇家学会的刊物上发表了，轰动了英国学术界。

1683年，列文虎克在人的牙垢中观察到了微生物。但当时他并不知道那是什么东西，很多年以后，人类才认识到它们是无处不在的细菌。

接种牛痘

天花是在世界范围内被人类消灭的第一种传染病。1980年5月，世界卫生组织宣布人类已消灭天花。天花传染性很强，且毒性很大，在人类历史上，它与黑死病、霍乱等瘟疫一样留下了惊人的死亡数字。即使有的患者痊愈了，脸上也会留有麻子，“天花”由此得名。

天花曾在世界各地肆意猖獗，儿童是最常见的受害者。但很久以前人们就发现，患天花病的幸存者以后就不会再患天花病。在古代东方，人们从患有轻度天花症的人体内取出病毒给健康人接种，让接种过的人染上轻微的天花症，恢复后便获得了免疫力。但是这种预防方法风险很大，有相当多的人因此患上了恶性天花病。

18世纪90年代，英国医生琴纳在行医过程中从奶场女工和农民那里听到一种说法：人如果传染上牛痘，就不会再得天花病。牛痘是牛患的一种急性传染病，可以传染给人，但不致命。经过仔细调查研究后，琴纳确信这一说法是正确的，所以决定对它加以检验。

1796年5月，琴纳从一个奶场女工手上的牛痘脓胞中取出来一些物质注射到一个8岁男孩手臂上。不出所料，这个男孩患上了牛痘，并很快痊愈了。接着，琴纳又给他种天花痘，他果然没有得天花病。很快，这种接种法在英国传开了，不久便传到全世界大部分地区。

现代麻醉剂的发现

1799年的一天，英国化学家戴维牙疼得厉害，当他在无意中吸到一氧化二氮气体时，忽然感觉牙不疼了。一氧化二氮能引人发笑，所以又称“笑气”。后来，戴维经过多次实验证明笑气具有麻醉作用。遗憾的是，他的工作并没有引起世人重视。

1844年，美国化学家考尔顿发现笑气具有催眠作用，于是他带着笑气到各地做催眠表演。其间，笑气的功能引起了美国牙科医生韦尔斯的兴趣，引发了他用笑气做麻醉剂的设想。经过几次试验后，1845年1月，韦尔斯在美国波士顿一家医院举行了一次公开表演，即在麻醉情况下进行无痛拔牙手术。但由于麻醉效果不佳，表演失败了。

一个偶然的机会，曾与韦尔斯合作过的美国牙科医生莫顿听到化学家杰克逊说，有一次做化学实验时，他不慎吸入一大口氯气，为了解毒他又吸了一口乙醚。不料，开始他感到浑身轻松，不一会儿便失去了知觉。听了杰克逊的叙述和建议，莫顿开始试验用乙醚来做麻醉剂。1846年10月，莫顿终于成功地进行了近代历史上第一例麻醉下的手术。

在19世纪中期以前，欧美医生在拔牙、截肢或医疗创伤时，要捆住患者或用木棍击打其头部使其昏厥后才能顺利进行，乙醚麻醉剂的发明从此减轻了许许多多患者的痛苦。

微生物学之父——巴斯德

19世纪以前，法国的啤酒、葡萄酒在欧洲就已很有名。但啤酒、葡萄酒常常会变酸，为此，酒商叫苦不已，有的甚至因此而破产。1856年，法国里尔一家酿酒厂厂主请求里尔大学化学教授巴斯德给予帮助，看看有何办法防止酒“变酸”。

在显微镜下，巴斯德发现，未变质的陈年葡萄酒液体中有一种圆球形的酵母菌，当葡萄酒变酸后，酒液里有细棍似的乳酸杆菌，就是它们使葡萄酒“变酸”。

元凶终于找到，但问题又来了。尽管将酒液煮沸即可杀死乳酸杆菌，但这样会把葡萄酒煮坏。于是，巴斯德把封闭的酒瓶放在铁丝篮子里，泡在水里加热，试验乳酸杆菌在不同的温度下的耐热性。经过反复多次试验，他发现，只要把酒放在50℃的环境里半小时，就可杀死酒里的乳酸杆菌。这就是著名的“巴氏消毒法”（又称低温消毒法）。

但乳酸杆菌这样的细菌是从哪里来的？巴斯德后来又开始思考这个问题。一次，他在曲颈瓶和直颈瓶里都放上肉汁，分别用火加热杀菌。结果，曲颈瓶里的肉汁，由于不接触空气，放了4年都没有腐败，而直颈瓶里的肉汁很快就变坏了。这时，人们才知道细菌是不可能凭空产生的。

孟德尔与豌豆实验

1856年，从维也纳大学回到布鲁恩（今捷克布尔诺）的第三年，为了获得豌豆的优良品种，孟德尔开始做豌豆实验。

他首先注意到豌豆有高茎和矮茎之分。于是，他将高茎的豌豆种子拿来培植，在培育出来的植株中又将矮茎剔除，留下高茎的豌豆植株，第二年用其种子再培植，如此重复筛选几年，最终的种子都能长成高茎。以同样的方法，经过多年培植他又筛选出都能长成矮茎的种子。

孟德尔又在高茎种子培育成的植株的花朵上，授以矮茎种子培育成的植株的花粉。与此相反，在矮茎植株的花朵上授以高茎植株的花粉。结果培育出来的下一代都是高茎品种。接下来，孟德尔将这批高茎品种的种子再进行培植，第二年收获的植株中，则高矮茎都有了。

除此之外，孟德尔还针对豌豆种子的表皮是光滑还是有皱纹等几种不同的特征进行了实验，也都得到了类似的结果。就这样做了整整8年，孟德尔终于认识到生物的性状是可以遗传的。1865年，在布鲁恩科学协会的会议厅，孟德尔宣读了自己的研究成果。可是，孟德尔太超前了。直到1900年，来自三个国家的三位学者才同时独立地“重新发现了”孟德尔遗传定律。

外科消毒法

19世纪60年代以前，还没有消炎药，伤口一旦化脓，患者就会受死亡威胁。尽管19世纪40年代后期，英国已开始使用麻醉剂给患者动手术。但不幸的是许多患者手术后因伤口化脓而死去。当时，因手术后引起“医院坏疽”造成的死亡率，在英国多数医院中高达40%，而在欧洲其他国家更高达60%。

英国医生李斯特仔细研读过巴斯德的有关著作，他知道物质之所以腐败，是细菌在作怪，而导致伤口化脓的罪魁祸首就是细菌。进行了长时间的观察和研究后，李斯特认为，细菌并不是伤口本身产生的。那么，细菌又是怎样跑到伤口上的呢？

1865年的一天，天气分外晴朗。早晨，阳光从窗户中斜射进来，照到病床上，李斯特忽然被一种普通得不能再普通的现象吸引住了：只见射进来的一束束阳光中，有无数灰尘在飞舞。李斯特如梦初醒般地喊道：找到了！那些微小的细菌就躲藏在飞扬的灰尘中。

既然找到了细菌传播的方式及媒介，下一步是寻找杀菌的方法。经过实验，他找到了石炭酸（苯酚）。1865年8月12日，他进行了第一次试验，在整个手术室里，包括手术台上、手术器械以及整个手术过程中，他都喷洒了稀释的石炭酸溶液，结果手术后伤口没有化脓。

神奇的病毒

病毒比细菌还要小、没有细胞结构、是只能在细胞中增殖的微生物。在自然界分布广泛，现已发现的病毒约有4000种，可感染细菌、真菌、植物、动物和人，常常引起宿主生病。病毒发现的历史还要从花叶病谈起。

花叶病是烟草的一种常见病害。1886年，德国科学家麦尔把患有花叶病的烟草叶片加水碾碎，将其汁液滴到健康烟草的叶片上，结果健康烟草也得了花叶病。麦尔为此推想，烟草花叶病是由细菌引起的。

1892年，俄国植物学家伊凡诺夫斯基把患病烟草植株的叶片汁液用细菌过滤器过滤，发现其汁液仍能使健康的烟草植株得花叶病。于是，伊凡诺夫斯基认定致病因子不是细菌。但由于当时的光学显微镜看不到它的结构，所以他解释这是由细菌产生的毒素引起的。

1898年，荷兰微生物学家贝哲林克重复了伊凡诺夫斯基的实验，他发现引起烟草花叶病的致病因子有三个特点：它能通过细菌过滤器；仅能在感染的细胞内繁殖；在体外非生命物质中不能生长。因此，他认为这种致病因子不是细菌，而是一种新的物质，他将其取名为病毒。就这样，科学家在研究烟草花叶病过程中发现了病毒。

弗莱明发现青霉素

20世纪40年代以前，如果谁患了肺结核，就意味着死亡。青霉素的出现才结束了传染病无药可治的时代。而青霉素的发现居然来自英国细菌学家弗莱明的一次偶然失误。

1928年夏，弗莱明外出度假，忘了实验室培养皿中还培养着细菌。两周后，当他回到实验室时，发现一个与空气接触过的金黄色葡萄球菌培养皿中长出了一团青绿色霉菌。在用显微镜观察这只培养皿时，弗莱明惊奇地发现，霉菌周围的葡萄球菌菌落已被溶解。这就意味着霉菌的某种分泌物能抑制葡萄球菌。此后的鉴定表明，这种霉菌为点青霉菌，因此弗莱明将其分泌的抑菌物质称为青霉素。然而遗憾的是，弗莱明一直没找到提取高纯度青霉素的方法，于是他只好将青霉菌菌株一代代地培养，1939年，他将菌种给了准备系统研究青霉素的英国病理学家弗洛里和德国生物化学家钱恩。

后来通过实验，弗洛里、钱恩用冷冻干燥法提取出了青霉素晶体。1940年，弗洛里和钱恩给8只小鼠注射了致死剂量的链球菌，然后给其中的4只注射了青霉素。奇迹发生了！几小时后，未注射青霉素的小鼠死了，而那4只注射过的小鼠健康地活着。1945年，弗莱明、弗洛里和钱恩因“发现青霉素及其临床效用”而共同荣获了诺贝尔生理学或医学奖。

克隆羊多莉

1997年2月27日，英国《自然》杂志报道了一项震惊世界的研究成果：1996年7月5日，英国爱丁堡罗斯林研究所的伊恩·威尔穆特领导的一个科研小组，利用克隆技术成功培育出一只小母羊。它被命名为“多莉”，是世界上第一只用已经分化的成熟的体细胞（乳腺细胞）克隆出的羊。

克隆的本义指无性繁殖，是指不经过两性生殖细胞结合，由母体直接产生新个体的生殖方式。植物的根、茎、叶等经过压条、扦插或嫁接等方式产生新个体也叫无性繁殖。但绵羊、猴子和牛等动物没有高科技的人工操作是不能进行无性繁殖的。试管婴儿由于有授精过程，所以不属于克隆。

理论上，利用克隆技术可以克隆出人，所以多莉羊的诞生在世界各国的科学界、政界乃至宗教界引起强烈反响，并由此引发了一场由克隆人所衍生的伦理问题的讨论。不过，值得一提的是，克隆并非是对原来动物的一种完美复制。克隆出的动物，基因完全相同，但其性格、行为等可能完全不同，这些与各自的生活经历有关。

公历的由来

目前，全世界通用的历法称为公历，它实质上是一种阳历，也即太阳历。它是以地球绕太阳公转的运动周期为基础制定的历法。

原始的阳历是古埃及人创立的。最初取一年为365日。为了协调历法年与回归年的长度，公元前46年，罗马大帝儒略·恺撒对阳历做了些修改，制定儒略历。公元前8年，恺撒的继承人奥古斯都又对儒略历做了调整。最后，儒略历分一年为12个月，平年365日；年份能被4整除的为闰年，共366日。这样，儒略历历年平均长度便是365.25日，同回归年长度365.2422日相差0.7078日，400年约差3日。从实施儒略历到16世纪末，累计相差11日。

为了消除这个误差，教皇格里高利十三世便把儒略历1582年10月4日的下一天定为10月15日，中间消去11天；同时还修改了儒略历置闰法则：能被4除尽的年份仍然为闰年，但世纪年（如1600年、1700年等）中，只能被400除尽的才为闰年。这样，400年中只有97个闰年，比原来少三个，使历年平均长度为365.2425日，更接近于回归年的长度。经过这样修改的儒略历叫格里高利历，也叫格里历。格里历在20世纪初为全世界普遍采用，所以又叫公历。中国于1912年开始采用公历。

农历的由来

农历，又叫中历、夏历，俗称阴历，是中国的一种传统历法，也是中国目前与公历并行使用的一种历法。其实它是阴阳历的一种，即它兼顾月相周期和太阳周年运动，并非真正的"阴历"。它以朔望月的周期来定月份，用置闰的办法使年平均长度接近太阳回归年。因这种历法安排了二十四节气，故有利于指导农业生产活动，"农历"因此而得名。

当月亮处在太阳和地球之间时，它黑暗的半球对着地球，地球上看不到月亮（即月缺），这就是"朔"。当地球处在月亮与太阳之间时，月亮被太阳照亮的半球朝向地球，形成满月（即月圆），这就是"望"。由朔到下次的朔，或由望到下次的望，月亮绕地球转了一周，即一个月。农历把日月合朔的日期作为月首，即初一。

朔望月的平均长度约为29.53059日，所以农历中有的月份有30日,有的月份则有29日。农历以12个月为一年，共354日或355日，与回归年相差11日左右。为此，通过增加闰月的办法来协调（置闰的周期约为19年7闰）。这样，有闰月的年份便有13个月，全年约384天。闰月的安排则由二十四节气来决定。

最早的毛笔

关于毛笔是怎么来的，宋代的《太平御览》中引用西晋张华的《博物志》称："蒙恬造笔。"因此一直以来，人们认为毛笔是由秦代名将蒙恬发明的。事实上并非如此。东汉许慎在《说文解字》中说，秦代所说的笔，在之前的楚国叫"聿"，在吴国叫"不律"，而在燕国叫"弗"。先秦书籍中并没有"笔"这个字，而"聿"字则早在商代就出现了，秦始皇只是统一了"笔"的叫法，可见笔早于秦代就存在了。

1954年，我国考古工作者在湖南长沙的一座战国墓群中，发掘出一支长约21厘米、直径0.4厘米的毛笔。其笔头用优质的兔毛制成，笔杆则是竹管，劈开的竹杆端部将笔头夹在其中，外缠丝线，再涂上漆。它被认为是我国迄今发现最早的毛笔实物，又称为"战国笔"。由于长沙古属楚国，这支现今发现的世界上最古老的毛笔，还被称为"楚笔"。

但有人推测，中国新石器时代的炎、黄时期就出现了毛笔。在出土的距今6000年左右的仰韶文化遗址中，发现许多彩绘陶器上，表面所绘的动物图案及几何纹饰，有很明显的用毛笔画出来的痕迹。商代的甲骨文上，也出现了毛笔的痕迹。而且，商代的甲骨文中有相当多的"聿"字。由此可以断定，早在商代以前，我国就开始用毛笔写字。

到了秦代，蒙恬对毛笔做了改进。相传蒙恬曾在今浙江湖州市南浔区的善琏村取羊毫制笔。因此，当地以笔为世代相传的事业，并建有祠宇以祭祀蒙恬。

祖冲之改革闰法

中国古代，历法是按月相周期来安排的，即阴历，它的一年有12个朔望月，约354 或 355日 。后来，人们又发现，从一个冬至到下一个冬至（即地球围绕太阳运行一周的时间）共需要365.25天，于是也把这段时间称作一年。这种按照太阳的周年运动来安排的历法通常叫阳历。

但是，阴历一年和阳历一年的天数并不相等。要使两者的天数一致，必须调整阴历一年的天数。于是，我们的祖先采用“闰月”的办法来解决。即在若干年内安排一个闰年，在每个闰年中加入一个闰月。

在我国古代，历法家通常把19年定为计算闰年的单位，称为“一章”，每一章里有7个闰年，但它还不够周密、精确。公元412年，北凉赵䎣（fěi）创作《元始历》，打破了岁章的限制，规定在600年中间插入221个闰月。

祖冲之（429—500）吸取了赵䎣的思想，再加上自己的观察，认为19年7闰的闰数过多，每200年就会差一天，而赵䎣600年221闰的闰数又稍少，也不十分精密。因此，经过计算，他提出了391年内144闰的新闰法。这个闰法在当时是最精密的了。

勾股定理

勾股定理即直角三角形两直角边的平方和等于斜边的平方。中国古代数学家称直角三角形为勾股形，较短的直角边称为勾，另一直角边称为股，斜边称为弦，中国是发现和研究勾股定理最古老的国家之一。

在中国，约成书于公元前2世纪的《周髀算经》明确记载了勾股定理的公式与证明。勾股定理相传是在商代由商高发现的，《周髀算经》中记录了商高同周公的一段对话，商高说：当直角三角形的两条直角边分别为3（短边，即“勾”）和4（长边，即“股”）时，斜边（即“弦”）则为5，后来人们就简单地把这一结论说成“勾三股四弦五”。勾股定理在中国也因此称为“商高定理”。

世界上有几个文明古国也都发现这一定理，并进行了广泛深入的研究，因此它有许多名称。比如，在法国和比利时，它又叫“驴桥定理”；有的国家则称它为“平方定理”。

古希腊著名的数学家毕达哥拉斯也发现了这个定理，因此世界上许多国家称勾股定理为“毕达哥拉斯定理”。据记载，为了庆祝这一定理的发现，毕达哥拉斯学派特地杀了100头牛来酬谢供奉神灵，因此这个定理又被叫作“百牛定理”。

刘徽与《九章算术注》

约东汉初，出现了现存中国古代第一部数学专著——《九章算术》。书中提供246个问题的解法，但它也有其不容忽视的缺点：书中没有任何数学概念的定义，也没有给出任何推导和证明。三国魏景元四年（263年），刘徽给《九章算术》作注，才大大弥补了这个缺陷。

在几何方面，刘徽提出了“割圆术”，即将圆周用内接或外切正多边形来求圆面积和圆周长的方法。在《九章算术·圆田术》注中，他写道：“割之弥细，所失弥少，割之又割，以至于不可割，则与圆周合体而无所失矣。”

他首先从圆内接六边形开始割圆，每次边数倍增，割到192边形后，得到的“徽率”，即$\pi = 157/50 = 3.14$，割到3072边形后，得到$\pi = 3927/1250 = 3.1416$。刘徽用割圆术得到了求圆面积的精确公式，并给出了计算圆周率的科学方法。

南北朝数学家祖冲之，采用刘徽的割圆术，将圆分割到12288边形，算得的圆周率准确到小数点后7位，即：$3.1415926 < \pi < 3.1415927$。祖冲之因此保持了世界最准确圆周率纪录达900年之久。

算盘与珠算

算盘是中国传统的计算工具，是中国古人在算筹的基础上发明的。古时候，人们用小木棍来记数和计算，这些小木棍就叫做“算筹”。后来，随着生产的发展，用算筹进行计算受到了限制，于是，古人便发明了更先进的计算工具——算盘。

算盘究竟是何人发明的，已无法考证。北宋张择端的画作《清明上河图》中就画有一把算盘，可见，早在北宋或北宋以前我国就已经普遍使用算盘这一计算工具了。但算盘的名称，有据可查的，最早出现于元代刘因的《静修先生文集》里。

珠算是以算盘为工具进行数字计算的一种方法。“珠算”一词最早见于三国时徐岳所编撰的《数术记遗》中。南宋数学家杨辉的《乘除通变算宝》及元代数学家朱世杰的《算学启蒙》里，都记载了有关珠算的九归除法口诀。1450年，明代数学家吴敬的《九章算法比类大全》里，较为详细地记述了算盘的用法。

由于珠算口诀便于记忆，运算简便，所以算盘在我国使用了1000多年而不衰。后又陆续传到日本、朝鲜、印度、美国以及东南亚等国家和地区。2013年底，经联合国教科文组织审议后，珠算被正式列入人类非物质文化遗产名录，成为我国第30项被列为非物质文化遗产的项目。

李冰父子与都江堰

战国时期，发源于成都平原北部岷山的岷江，由于沿江两岸山高谷深，水流非常湍急。流到灌县附近时，水势浩大，往往冲决堤岸，泛滥成灾。而灌县城西南面，有一座玉垒山，阻碍江水东流，所以每年夏秋洪水季节，常造成东旱西涝。

大约在秦昭王五十一年（公元前256年），李冰任蜀郡守，亲眼目睹了当地的严重灾情，所以到任不久，便和他的儿子一起着手进行大规模的治水工作。

为了使岷江的水能够东流，他们首先在玉垒山凿开了一条20米宽的口子，取名“宝瓶口”。还采取了在江心中构筑分水堰的办法，把江水分为两支。分水堰西边的叫外江，是岷江的正流；东边的叫内江，是灌溉渠系的总干渠，渠首就是宝瓶口。流经宝瓶口的水通过许多大小沟渠组成的一个纵横交错的扇形水网，灌溉成都平原的千里农田。后来，为了进一步控制流入宝瓶口的水量，又在分水堤的尾部修建了分洪用的平水槽和“飞沙堰”溢洪道。

都江堰在世界水利工程史上是罕见的奇迹，2000多年来，一直发挥着巨大的排灌作用。它不仅解决了岷江泛滥成灾的问题，而且从内江下来的水灌溉了十几个县。从此，成都平原成为“沃野千里”的富庶之地，获得“天府之国”的美称。

蔡伦造纸

蔡伦是东汉桂阳郡（今湖南耒阳）人，从小跟随父辈种田。东汉明帝永平（58—75）末年，15岁的蔡伦被选入洛阳宫内做太监，到和帝即位后，他已升任中常侍，参与国家机密大事的谋划。中国历史上宦官干预国政，也正是由此开始的。不过，蔡伦是有真才实学的，为官尽忠职守，多次敢于触犯皇帝的威严，进谏指出朝廷施政的得失。

后来，蔡伦兼任尚方令，主管宫内御用器物和宫廷御用手工作坊。据《后汉书》记载，自古以来，书籍文档大多是用竹简作为书写载体的，后来又出现了质地轻柔的缣帛（jiānbó），但是用缣帛制纸的费用很高昂，而竹简又笨重，所以蔡伦考虑能否改进一下。于是，他改用树皮、碎布（麻布）、麻头、鱼网等廉价原料来造纸，这样一可以大大降低造纸的成本，二又使书籍的重量变轻了，便于携带。

经过许多次的试验，终于大功告成。东汉殇（shāng）帝元兴元年（105年），蔡伦把他发明的造纸术奏报朝廷，得到了殇帝的极力赞赏，造纸术因此得以向各地推广。东汉元初元年（114年），朝廷封蔡伦为龙亭侯，所以后来人们都把纸称为“蔡侯纸”。

郦道元与《水经注》

秦代以前，我国就已有许多地理类书籍，但当时国家不统一，人们对地理概念还比较模糊，许多作品中一些地理情况存在虚构现象，如《山海经》。《水经》一书虽说专述河流，但没有记录水道以外的地理情况。而且，部族迁徙、城市兴衰、河道变迁、名称交互更替等情况十分复杂。所以，北朝北魏地理学家郦道元（约470–527）萌生了给《水经》作注的想法。

郦道元博览奇书，幼时曾随父亲到山东访求水道，后又游历秦岭、淮河以北和长城以南广大地区，其间考察河道沟渠，并搜集有关的风土民情、历史故事、神话传说。所以他所见所闻十分丰富，加上重视野外考察，在实地调查中原地形的同时，又广泛搜求地理著作，积累了大量的实践经验和地理资料。

《水经注》以《水经》所记水道为纲，详细记载了1000多条大小河流及有关的历史遗迹、人物掌故、神话传说等。还记录了不少碑刻墨迹和渔歌民谣，文笔优美，语言生动，具有较高的文学价值。虽说《水经》只有1.5万字，而注文却达30万字。除了以西汉王朝的疆域作为其主要撰写对象外，还涉及印度、中南半岛和朝鲜半岛若干地区。时间幅度上起先秦，下至南北朝当代，上下2000多年。它是中国古代最全面、最系统的综合性地理著作。

毕昇活字印刷术

古代，书籍的复制靠手工抄写，这是非常费工夫的，大约东汉末熹平年间（172—178），人们发明了摹印和拓印石碑的方法。大约在公元600年前后的隋代，人们从刻印章中得到启发，发明了人类历史上最早的雕版印刷术。到宋代，雕版印刷术已发展到全盛时期，但是它存在明显缺点：一是刻版费时费工费料，二是大批书版存放不便，三是有错字时不容易更正。

据北宋著名科学家沈括的名著《梦溪笔谈》记载，北宋平民毕昇总结了历代雕版印刷丰富的实践经验，经过反复试验，在宋仁宗庆历年间（1041—1048）制成了胶泥活字，实行排版印刷。他用胶泥做成一个个规格一致的毛坯，在一端刻上反体字，成为单个的胶泥活字。排字的时候，用一块带框的铁板作底托，上面敷一层用松脂、蜡和纸灰混合制成的药剂，然后把需要的胶泥活字拣出来一个个排进框内。排满一块铁板就成为一版，再用火烘烤，等药剂稍稍熔化，再用一块平板把字面压平，药剂冷却凝固后，就成为版型。印刷的时候，只要在版型上刷上墨，覆上纸，加一定的压力就行了。

用毕昇的胶泥活字印刷术印书，不仅能节约大量的人力物力，而且可以大大提高印刷的速度和质量。它堪称印刷史上一次伟大的技术革命。

失效的图纸：苏颂的水运仪象台

据史书记载，北宋人苏颂建造了一座水运仪象台，它的设计实在太巧妙了，把观测、演示和报时设备都集中在了一起，而且还是半自动的。苏颂因此而被后人记住。

它的最上层是可以观察天体的浑仪。下面则是一台可以演示天体运行的浑象。现在我们已可以用电脑软件随时随地演示出当时头顶天空里的星星位置，而在中国古代，"浑象"做的就是这件事情。再下面是一些报时装置，就像今天的钟表一样，每到整点，装置会自动打开，有机械人敲锣打鼓出来报时，它还会报告日出和日落时刻。它的底部是一组水力推动的复杂的齿轮系统，像水车一样，提供整个仪器的运行动力。

苏颂写了《新仪象法要》，详细记录了这台仪器的结构、工作方式和原理，还画了很多图纸。这台仪器后来在一场战争中损毁了，但是苏颂的书保留了下来。但当苏颂的儿子苏携翻出他父亲的书和图纸的时候，没有人能复制出来，连苏携自己也不会。

虽然到了20世纪，历史学家把它复原了出来，但至今我们仍不知道苏颂当时建造的那座水运仪象台到底是怎么运作的。

沈括与《梦溪笔谈》

沈括（1031—1095）是北宋科学家、政治家。他博学多闻，对天文、地理、典制、律历、音乐、医药等都有研究。对当时科学发展和生产技术的情况，如水工高超、木工喻皓、发明活字印刷术的毕昇等，凡是看到、接触到的，都详细记录了下来。对药用植物与医学也有深入的研究。晚年居润州（今江苏镇江），筑梦溪园，撰《梦溪笔谈》。

《梦溪笔谈》大约成书于1086—1093年，收录了沈括一生的所见所闻和见解，详细记载了我国当时在科学技术方面的卓越贡献和他自己的研究成果。全书包括《笔谈》《补笔谈》《续笔谈》三部分。内容涉及天文、数学、物理、化学、生物、地质、地理、气象、医药、农学、工程技术、文学、史事、音乐和美术等。

《梦溪笔谈》有超过三分之一的篇幅是记述并阐发自然科学知识的，由于沈括有很高的科学素养，所以他所记述的科技知识具有极高的研究价值，基本上反映了北宋时期科学发展水平和他自己的研究心得。英国学者李约瑟把《梦溪笔谈》誉为“中国科学史上的里程碑”，称沈括为“中国整部科学史中最卓越的人物”。

火药的发明

火药是硫黄、硝石、炭的混合物。由于硫黄、硝石和炭在古代的医书里都是入药的药材，所以一些道士把它们混在一起来炼制仙丹。唐高宗永淳元年（682年），唐代炼丹家通过把硫黄、硝石研成粉末，再加皂角子（含炭素），无意中配制出了火药。唐宪宗元和三年（808年）又有炼丹家把硝石、硫黄及马兜铃（含炭素）配在一起制成火药。

但是，火药并不能解决长生不老的问题，而且容易着火甚至爆炸。点燃后，硝酸钾（硝石的主要成分）分解放出的氧气使木炭和硫黄剧烈燃烧，瞬间体积急剧膨胀，压力猛烈增大，发生爆炸。由于这个特性，火药首先被人们用来制造烟火（如爆竹），不久后才被运用到军事中。据记载，在唐代末年，火药便已被用于战争中。到宋代，北宋政府专门建立了火药作坊，先后制造了火箭、火炮等以燃烧性能为主的武器和“霹雳炮”“震天雷”等爆炸性较强的武器。南宋时已制造出以巨竹为筒、内装火药的“突火枪”。

到十二三世纪，火药经印度传入阿拉伯国家，然后传到欧洲乃至世界各地。火药和火药武器的广泛使用是世界兵器史上一个划时代的变革，使整个作战方法发生了翻天覆地的变化，大大推进了世界历史的进程。

从烟花爆竹到火箭

火药是古代中国的四大发明之一。北宋时期，冯继升发明了原始的军用火箭，它是利用火药燃气的反作用力而制成的箭。到明代初年，军用火箭已相当完善，并广泛用于战场，成为军中利器。

值得一提的是，1500年左右，有一个心灵手巧的木匠叫万户，他和其他工匠吸取了军用火箭的技巧，设计了会飞的“飞龙”火箭。有一天，他坐在一把椅子上，而椅子安装在木制构架上，他两手还各拿了一只大风筝。当工匠们点燃构架四周绑着的47支火箭后，“飞龙”拔地而起，但最终箭毁人亡。

由于中国长期的封建统治，不重视科学技术的发展，古代火箭技术未能在中国发展为现代火箭技术，基本停留在礼花爆竹之上。后来，中国古代火箭技术连同其他火药兵器一同传到了印度、阿拉伯，并经阿拉伯传到了欧洲。

18世纪末19世纪初，欧洲火箭在战争中得到了发展。1903年，俄罗斯科学家齐奥尔科夫斯基首次提出建造大型液体火箭进行宇宙航行的设想。到1926年，美国火箭技术科学家戈达德发射了世界上第一枚液体火箭。1944年，德国首次将有控弹道式液体火箭V-2用于战争。第二次世界大战后，苏联和美国等相继研制出包括洲际导弹在内的各种火箭武器和运载火箭。在发展现代火箭技术方面，德国工程师冯·布劳恩、苏联科学家科罗廖夫和中国科学家钱学森等都做出了杰出贡献。

指南针

指南针的主要组成部分是一根装在轴上可以自由转动的磁针。在地磁场作用下，磁针的北极指向地理上的北极，利用这一性能人们就可以辨别方向了。它常用于航海、大地测量、旅行及军事等方面。

指南针的前身则是中国古代四大发明之一的司南。在长期的生产实践中，我国古代人民发现了磁体的指极性，并根据这一原理制成了指示方向的机械，这就是司南。东汉王充在《论衡》中具体描述了司南："司南之杓，投之于地，其柢指南。"司南就像一只勺子，用天然磁石磨制而成，勺底为球面体，勺呈椭圆状，勺柄从勺体起渐渐收缩成柱状。为了确定方向，还配有一个"地盘"，它是铜质或涂漆木制盘，中央是平滑圆槽，形状可能是内圆外方，框上刻划出定向的刻度，用"干"、"支"（即甲、乙、丙、丁……和子、丑、寅、卯……）及八卦等表明二十四方位。将司南放在地盘中央时，它的柄部就会大体停止在指南的方位上。

中国在12世纪已经发明旱罗盘，即现代指南针的基本形式，后来经过阿拉伯人有效改进后才传入欧洲。指南针的发明使人们在远洋航行中获得了全天候航行的能力，人类从此得到了在茫茫大海中航行的自由。

郑和下西洋

明初，国势日趋强盛。明永乐三年（1405年）七月十一日，明成祖朱棣命太监郑和率领62艘“宝船”、27800名船员的庞大船队远航西洋。“西洋”即今文莱以西的海域，包括中国南海及印度洋。郑和奉旨率船队由苏州刘家港出发，史称“郑和下西洋”。

郑和率船队到过爪哇、苏门答腊、苏禄、彭亨、真腊（今柬埔寨境内）、古里（今印度卡利卡特）、暹（xiān）罗（泰国古称）、榜葛剌（là）（即孟加拉）、阿丹（今亚丁湾西北岸一带）、天方（古时指阿拉伯）、忽鲁谟斯（今伊朗东南）、木骨都束（今索马里摩加迪沙一带）等30多个国家。到明宣德八年（1433年），郑和一共远航了七次之多。最后一次，在宣德八年四月回国途中，郑和在船上因病去世。

在世界航海史上，郑和开辟了贯通太平洋西部与印度洋等大洋的直达航线。他之所以能成功，是与唐宋元以来发达的造船技术以及罗盘、火炮等技术的不断发展分不开的。郑和航海之举远远早于葡萄牙、西班牙等国的航海家如麦哲伦、哥伦布、达·伽玛等人将近一个世纪，更是比迪亚斯早57年远赴非洲。

李时珍与《本草纲目》

李时珍（1518—1593）是明代医药学家。李家世代从医，但那时民间医生地位很低，因此，父亲决定让李时珍读书应考，以便出人头地。李时珍曾三次到武昌考举人，但均名落孙山。于是，他放弃了考科举做官的打算，继承家学，专心学医，致力于药物研究。

在父亲的启发下，李时珍非常重视实践与革新。他常背起药筐，在徒弟庞宪、儿子建元的伴随下上山采药，远涉深山旷野，遍访名医宿儒，搜求民间验方，观察和收集药物标本。每到一地，他就虚心向农民、渔民、樵夫、药农、铃医请教。

除了四处寻访，李时珍还自己种草药，他非常注意观察药物的形态和生长情况。并参考历代有关书籍八百余种，对药物加以鉴别考证，纠正了古代本草书籍中药名、品种、产地等某些错误，又收集整理宋元以来民间发现的药物，充实内容。

李时珍历经27年，终于著成药物学巨著《本草纲目》，书中收录原有诸家《本草》所载药物1518种，新增药物374种，收集药方1万多个，书中还绘制了1000多幅精美的插图，全书约190万字，分为16部、60类。这本书总结了16世纪以前中国人民丰富的药物学经验，对药物学的发展做出了巨大贡献，是中医药学的一份宝贵遗产。

宋应星与《天工开物》

宋应星（1587—？）是明代科学家。崇祯七年（1634年），在出任江西分宜教谕（县学教官）期间，他将长期积累的生产技术等方面的知识加以总结整理，编著了《天工开物》一书。崇祯十年（公元1637年），《天工开物》在朋友资助下刊行了。

《天工开物》对明朝中叶以前的各项技术进行了系统的总结，全书分上中下三篇18卷，并附有123幅插图。书中描述了130多项生产技术和工具的名称、形状、工序，收录了农业、手工业、工业，诸如机械、砖瓦、陶瓷、硫黄、烛、纸、兵器、火药、纺织、染色、制盐、采煤、榨油等生产技术。尤其是机械，有很详细的记述。书中对农业生产方面的丰富经验也进行了总结。书中记述的许多生产技术，一直沿用到近代。而且书中所记均为本人直接观察和研究所得，文字简洁，记述扼要。

《天工开物》是世界上第一部关于农业和手工业生产的综合性著作，是中国科技史料中保留最为丰富完整的一部，反映了中国明代末年资本主义萌芽时期的生产力状况。该书问世以后，曾有不少版本流传。后被译成日、英、法、德等国文本，被外国学者称为“中国17世纪的工艺百科全书”。

徐光启与《几何原本》

1582年，意大利传教士利玛窦到中国传教，随身带来了15卷本的数学巨著——《原本》。这本书把人们公认的一些事实列成定义和公理，建立了一套从公理、定义出发来论证命题，并得到定理的几何学论证方法。是古希腊大数学家欧几里得在总结前人成果的基础上于公元前3世纪编成的，它对文艺复兴后近代科学的兴起产生了很大的影响。

1600年，徐光启得到了利玛窦在南京传教的消息，立即专程前往南京拜访，此后两人便成为好友。1606年，在徐光启的请求下，利玛窦开始向他传授西方的科学知识，并以《原本》作为教材，讲授西方的数学理论。经过一段时间的学习，徐光启弄懂了这部著作，并为它的基本理论和逻辑推理所深深折服。于是，徐光启建议利玛窦同他合作，把它译成中文。

1607年，他们把该书的前6卷平面几何部分合译成中文，并改名为《几何原本》（后9卷于1857年由清代数学家李善兰和英国人伟烈亚力合译）。

徐光启为此评论道："此书为益，能令学理者祛其浮气，练其精心，学事者资其定法，发其巧思，故举世无一人不当学。"遗憾的是直到20世纪初，中国废科举、兴学校后，以《几何原本》为主要内容的初等几何学才成为中等学校必修科目。

徐霞客及其游记

徐霞客（1587—1641）是明代地理学家，幼年受他父亲影响，喜爱读历史、地理和探险、游记之类的书籍。

22岁那年，徐霞客开始外出远游。他先后游历了今江苏、安徽、浙江、山东、河北、河南、山西、陕西、福建、江西、湖北、湖南、广东、广西、贵州、云南等16个省。东到浙江的普陀山，西到云南的腾冲，南到广西南宁一带，北至河北蓟县的盘山，足迹遍及大半个中国。历经三十余年，直到生命终结。

旅途中，徐霞客备尝艰险，为了考察得准确、细致，他大多步行前往。他还坚持每天写日记，记录他的旅途经历、考察的情况以及心得体会，给后人留下了宝贵的地理材料。徐霞客去世后，其日记经其外甥季梦良等整理成《徐霞客游记》。

《徐霞客游记》是一本以日记体为主的中国地理名著，主要按日记述徐霞客旅行观察所得，对地理、水文、地质、植物等现象均做了详细记录，是世界上最早记述岩溶地貌（喀斯特地貌）并详细考证其成因的书籍，在地理学和文学上卓有成就，是地理学家和考古学家不可多得的研究材料。

詹天佑与京张铁路

詹天佑（1861—1919）是中国铁路工程专家。清同治十一年（1872年），年仅12岁的詹天佑便到香港报考了清政府筹办的“幼童出洋预习班”，由此留学美国。1881年，他以优异的成绩毕业于美国耶鲁大学，并于同年回国。

回国后，因当时的政府反对修造铁路，以至英雄无用武之地。1887年，“中国铁路公司”在天津成立。第二年，经留美同学邝孙谋推荐，詹天佑成为中国第一名铁路工程师。

1905年，他担任京张（北京—张家口）铁路总工程师。这条路穿过八达岭，全长200多千米，工程之艰巨前所未有。为了不出差错，他亲自勘察，选定路线。在北京青龙桥东沟，因坡度大，机车牵引力又不足，施工人员一筹莫展。经反复讨论，他决定采用人字形轨道，用两台大马力机车调头互相推挽的办法解决了困扰施工人员的问题。他还与工人一起，采取各种措施，解决隧道工程中渗水、塌方等困难，用两端凿进法开凿居庸关隧道。

1909年，京张铁路竣工，比原计划提前了两年，总费用只有外国承包商索价的五分之一。通过京张铁路的修建，他还培养出中国第一批铁路工程师。因此，詹天佑被后人誉为“中国铁路工程的先驱”。

竺可桢和他的日记

竺可桢（1890—1974）是中国著名的气象学家、地理学家、科学史家和教育家。他对建立和发展中国现代气象事业和自然资源综合科学考察事业有重要贡献，长期关注人口、资源、环境问题，研究的领域涉及台风、季风、中国区域气候、农业气候、物候学、气候变迁、自然区划、自然科学史。

从1917年在哈佛大学读书时开始，竺可桢就有记日记的习惯，坚持记了数十年，其中主要记录气象研究的各种资料。但不幸的是，他早年的日记因1923年在东南大学任教时学校失火而焚毁了。据竺可桢在后来的日记中透露，1923–1935年间的日记也在抗战西迁之后遗失了。1936年以后的日记都保存了下来，这部分日记极少间断和丢失。直到去世的前一天，竺老还用颤抖的手在日记本上写下了当天的气温、风力等数据。

竺老的著作后来结集出版成《竺可桢全集》，共计21卷，其中就包括1936—1974年的竺可桢日记。留存下来的竺可桢日记的文字总量约有1000万字，这些日记历史跨度长、涉及范围广、笔下人物多，为从事20世纪中国史研究和知识分子研究的学者提供了许多很有价值的史料。

发现“北京人”

大约在北宋时期，北京周口店一带就盛产“龙骨”，后来有座山因此被称为龙骨山。“龙骨”是中医用来止痛和帮助伤口愈合的药。后来古生物学家发现，所谓的“龙骨”其实是古生物骨骼化石。于是周口店吸引了不少古生物学家和考古学家前来进行发掘和考察。

1926年，科学家在这里发现了属于早期人类（猿人）的两颗牙齿，这种早期人类后被命名为“北京人”。1927年，由中国地质调查所和协和医学院组成的团队在周口店北京人遗址上开始大规模发掘。1929年的初冬，工作人员意外地发现了一个小洞口。为了一探究竟，古人类学家斐文中钻了进去，惊喜地发现里面有许多动物化石。他顾不得寒冷，不停地挖掘，最后竟然挖到一个“北京人”头盖骨化石。1936年，古人类学家贾兰坡在猿人洞又先后发现3个“北京人”头盖骨化石。龙骨山上还陆续发现了“北京人”使用的一些石器和用火遗址。

考古发现表明，“北京人”是距今70多万年前的直立人种，过着以狩猎为主的洞穴生活，已能够使用和制造粗糙的石制工具，并已学会用火取暖和吃熟食。

第二次世界大战期间，为保护“北京人”头盖骨免遭日军破坏，它们被移交给美国海军陆战队，计划由秦皇岛港船运到美国。但恰逢日本空袭珍珠港，驻扎在秦皇岛山海关一带的日军偷袭美军得手，混乱中周口店猿人洞出土的5个头盖骨神秘失踪了……

无学位大师——华罗庚

华罗庚（1910—1985）是世界著名数学家，是中国解析数论、矩阵几何学、典型群、自守函数论等多方面研究的创始人和开拓者。但让人不可想象的是，华罗庚是靠一本《代数》、一本《几何》和一本缺页的《微积分》开始他的数学生涯的。更神奇的是，在19岁那年，他居然写出了一篇著名的论文。

1930年春，他的论文《苏家驹之代数的五次方程式解法不能成立之理由》在上海的《科学》杂志上发表。当时，任清华大学数学系主任的熊庆来教授看到这篇文章后大为欣赏，他问周围的人："这个华罗庚是谁？"但是周围的人谁都没有听说过华罗庚。后来，一位名叫唐培经的清华教师向熊庆来介绍了他的同乡华罗庚的身世。熊庆来听后由衷地钦佩，并说道："这个年轻人真不简单啊！应该请他到清华来。"

到清华大学后，华罗庚以惊人的毅力用两年的时间完成了一般人需要八年才能走完的路。1933年，他被破格提升为助教，1935 年，又成为讲师。1936年，经清华大学推荐，华罗庚被派往英国剑桥大学留学。在剑桥大学的两年学习中，他把全部精力都用于研究数学理论中的难题，竟不愿为申请学位而浪费时间。但他的研究成果得到了国际数学界的关注。

陈景润与哥德巴赫猜想

1973年，一篇论文的发表震惊了世界。这篇论文的标题是《大偶数表为一个素数及一个不超过二个素数的乘积之和》（简称“1+2”）。让人难以置信的是，它居然是哥德巴赫猜想研究中里程碑性的工作，而它的撰稿人是中国一位年轻的科学家——陈景润（1933–1996）。

普通人认识陈景润是通过1978年作家徐迟发表的报告文学《哥德巴赫猜想》。让人震惊的是，他是在6平方米的小屋中，在一盏昏暗的煤油灯下，伏在床板上，用一支笔，耗去了6麻袋的草稿纸后做出如此伟大的工作的。

“哥德巴赫猜想”是一个200多年悬而未决的世界级数学难题，曾吸引世界各国数学家的关注，而真正能对这一难题提出挑战的人却很少。为证明“哥德巴赫猜想”，摘取这颗世界瞩目的数学明珠，陈景润以惊人的毅力艰苦卓绝地工作着，终于找到了一个简明的证明“哥德巴赫猜想”的方法，当他的成果发表后，立刻轰动全世界。其中，“1+2”被命名为“陈氏定理”，同时被誉为筛法“光辉的顶点”。

华罗庚等老一辈数学家都对陈景润的论文给予了高度评价。世界各国的数学家也纷纷著文，评价陈景润的研究成果是“当前世界上研究‘哥德巴赫猜想’最好的一项成果”。

当代毕昇——王选

以前的报纸、书籍都是用铅字印刷的。20世纪初，国外出现了一种利用照相原理来代替铅活字的排版技术。到20世纪70年代，国外的印刷业已经发生了翻天覆地的变化，激光照排机已经发展到了第四代，而我国的印刷业依然在铅字的“丛林里”艰难跋涉。

1975年，王选对国家正要开展的汉字激光照排项目发生了兴趣，但当他在一次会议上宣布他的一个方案后，多数人觉得像听“天方夜谭”，有人甚至说这是在玩数学游戏。原来，汉字的字形信息量太大，若采用传统的点阵模式，储存量是一个天文数字。但行内人的否定并没有打消他的激情。那些日子里，王选满脑子都是汉字的横竖撇点折，经过几个月的思索，他就像一位魔术师那样，想出了用数学方法来计算汉字轮廓曲率的“高招”，这样可以让庞大的汉字字模减少到五百分之一，扫清了研制汉字精密照排系统中的最大障碍。

1979年7月27日，大家围在激光照排机样机旁，紧张地注视着它的每一个动作，转眼之间，激光照排机上输出了八开报纸的一张胶片，字形、字体、花边、图案完美无比！

就这样，王选开创了汉字印刷的一个新时代，引发了我国报业和印刷出版业“告别铅与火，迈入光与电”的技术革命。王选因此被人们赞誉为“当代毕昇”和“汉字激光照排之父”。

杂交水稻之父——袁隆平

选用两个在遗传上有一定差异、同时其优良性状又能互补的水稻品种进行杂交，能生产出具有杂种优势的第一代杂交种。利用杂种优势可以提高农作物的产量和品质。

美国首次提出水稻杂交的基本思想和技术，并于1963年在印度尼西亚完成了试验。但由于该方案存在缺陷，无法大规模推广。后来日本又提出用合适的野生雄性不育株来作为培育杂交水稻的基础，但是效果也不好。

袁隆平从1964年开始从事杂交水稻育种理论研究和制种技术实践。1970年，助手李必湖等在海南发现的一株花粉败育的雄性不育野生稻，成为其杂交水稻的一个突破口。 1972年，袁隆平育成了中国第一个大面积应用的水稻雄性不育系“二九南一号A”和相应的保持系“二九南一号B”，次年，又育成了第一个大面积推广的强优组合“南优二号”，并研究出整套制种技术。1986年，又提出杂交水稻育种新的战略……

袁隆平的成果不仅在很大程度上解决了中国人的吃饭问题，而且也被认为是解决21世纪世界性饥饿问题的法宝。因此，他被同行们誉为“杂交水稻之父”。